笭菁作品39
遊鬼簿
魔女
笭菁 著

目錄

CONTENTS

異遊鬼簿：魔女

楔子

少女在狂奔，她在狹窄的甬道中奔跑著，穿過一條又一條蜿蜒曲折的密道，一路來到了盡頭的方室。

石室周圍全是紅褐色的磚牆，中間設置了一個靈壇，少女奔至壇前，慌亂的布置著。

這是不該發生的事！她絞著的雙手不停顫抖，她沒有罪、她沒有錯！但是為什麼會遭到這樣的對待！

她只是比一般人敏感些罷了，她只是能看見一個人的生死大限、偶爾瞧見一般人看不見的東西，但是她不是女巫啊！

喧譁聲由遠而近，少女站在靈壇前被恐懼侵蝕，她早該知道會有這麼一天，連做麵包的蘇菲媽媽都以七十二高齡被折磨至死了，她怎麼可能逃得過。

這是一個沒有是非的時代！不論任何人都可以指責某個女人是女巫，只要有人提出來，沒有一個女人能夠活著洗脫罪名。

人們現在高舉著火把來找她了！她不知道是誰舉報她為女巫，可是一旦進入宗教裁判所，她便不會有生還的機會。

無論如何，她唯有死路一條。

少女深吸了一口氣，她不要在酷刑中死去，她也不願被綁在木樁上，看著大火延燒，吞噬著她的肌膚。

淚水不停的流下，少女將擺在祭壇下的圖像取出，一張張攤開，上頭都是血腥並殘忍的畫像，她仔細鋪好後，再迅速點燃屋內的蠟燭。

灰白色的小貓撒嬌般的走來，在她的腿邊摩娑，發出細微的叫聲。

少女捧起珍愛的貓兒，珍惜的撫摸著她，喃喃說了好幾句對不起，然後抽起地上備好的尖刀，緊閉上雙眼，一刀割開了小貓的咽喉。

淚水跟血水一同滴落，她咬著唇才不至於哭出聲來，將死去的小貓好整以暇的放在祭壇前的皿盤裡，看著鮮血瞬間注滿皿盆，她以指頭沾血，在地上畫出一個鮮紅的五芒星。

她才十四歲，有著喜歡的男孩，應該有著瑰麗且美好的人生。

但是，這一切將在今晚畫上句點。

聲音越來越近了，少女將一切準備妥當，拿出胸前的十字架項鍊，緊握著它，默默祝禱著。

這是她最後的祈禱。

少女扯下項鍊，扔進了血盆中。

她在血盆的倒映中，瞧見自己模糊的樣貌，還有背後隱隱約約的黑影……那是死神，她比誰都清楚，她的死期將至。

她跪在地上，虔誠的雙手交握，對著剛設置上的惡魔圖像，整間房裡布滿了所謂惡魔的象徵，她心意已決。

這些基督教徒，休想任意殘殺女人，還妄想不得到報應！

「這裡有火光！」聲音近得只餘數步距離。

男人們高舉火把，一個個從狹窄的甬道擠了進來，他們詫異的望著一室燭光，還有駭人的惡魔象徵。

「妳——女巫！這是真正邪惡的女巫。」有人既恐懼又激動的高聲喊著。

少女已把淚拭乾，從容的捧起盛裝著貓屍的皿盤，轉過了頸子。

「我將藉由地獄的使者，詛咒你們所有人。」少女勾起一抹笑，開始喃喃唸著無人聽得懂的語言。

她雙眼梭巡著，望著越來越多擠進來的人們，然後，她終於瞧見了他。

她喜愛的那個男人，正用一種悲憫的眼神望著她。

「她在施咒！快點！殺了她！」

「不能經過審判了，現在就要殺了她！」

眾人鼓譟著，少女未曾間斷的持續唸著所謂的咒語，事實上她只是在說一個遙遠國度的語言。

有個大漢手持斧頭飛快的衝到她面前，沒有一絲一毫的猶豫，高舉的巨斧，直接就往她的頭上劈了下來。

她知道自己不能自殺。

她必須進入輪迴當中，所以必須由他人下手。

她的血、她的咒法、她與生俱來的能力加上一點點的心機。

她知道，今夜對這些人來說只是個駭人女巫的死亡，但是他們不會知道，她開啟的是未來數百年的噩夢。

第一章・惡魔與女巫

下午一點，為數不少的旅客自火車站魚貫走出，除了大量的歐洲度假客外，也意外的多了我們幾個東方生面孔。

走在最前頭的高大男人正在看著手上的資訊，戴著黝黑墨鏡的他，掩不去其耀眼的俊美，加上白色緊身T恤下的好身材，讓許多女人熱情的朝他扔出笑容。

我不介意，因為那是我的男人。

「你真是超級大磁鐵耶！」走在我身邊的，是個擁有豔麗外貌的彤大姐，她挑起笑容，自個兒根本不知道也吸引了多少男士的目光。

「彼此彼此。」米粒忍著笑，彤大姐搞不清楚誰才是磁鐵嗎？

他走到一半停下腳步，回身朝著我伸出手，想幫我接過手上的行李。

「我自己來就可以，沒多重。」只是一個簡單的旅行袋，更別說附有輪子了，我可沒有那麼手無縛雞之力。

背包裡有東西蠢蠢欲動，我回首噓了聲，要裡頭的東西稍安勿躁。

走出火車站，首先感受到的是燦燦陽光，還有前所未見的可怕的熱浪！

「Malaga！」彤大姐不由得摘下墨鏡，「好熱喔！天哪！你們有沒有看見空氣中的熱浪波？」

她指著眼前。是啊，放眼望去，這城市好像在火海裡似的，到處都是空氣熱浪。

「這裡是西班牙，又是夏天，當然熱了！」米粒揹上行李，左顧右盼後指著遠處一棟白色的建築物，「四十七度，看見沒，那邊有溫度石英鐘！」

「四十七！」彤大姐大呼小叫起來，「我要補防曬，馬上、現在！」

可不是嘛，瞧彤大姐一身雪白的肌膚全曬成粉紅色，的確曬得很不舒服；盛夏午時，街上一個人都沒有，看來這時候會出門的真的只有我們這種觀光客了。

背包又動了一下，裡頭有人正興奮的四處張望。

「死小孩……」彤大姐邊走邊對著我背上的背包叨唸著，「你上上一世在這種火燒的城市裡嗎？」

我感覺到我的背包頂竄高了一點點，想是炎亭鑽了出來，鐵定是對彤大姐扮了鬼臉。

「炎亭，進去。」我低聲說著，我可不希望讓路人瞧見我背包裡有具會動的木乃伊。

噢，正確名稱是風乾的嬰屍，只是它會動會說話，還喜歡嗑玉米片。

「中世紀天氣應該沒那麼熱吧？」米粒帶著我們過馬路，飯店近在眼前。

馬拉加是個很棒的陽光城市，位於西班牙南部地中海沿岸，可是歐洲頗負盛名的度假勝地！愛度假的歐洲人總會在每年夏天一窩蜂的擠到這個陽光海岸度假，追逐燦爛陽光。

更別說舉世聞名的畫家畢卡索可是出生於此，馬拉加的名聲自然不脛而走。

我朝外頭瞧，這是個純樸的小鎮，擁有藍天大海，以及烈日當空的金黃氣候；我跟米粒利用年假策畫了一趟旅遊，只有七天的時間，實在不宜找歐洲這樣偏遠的地點；但東南亞給我們的印象實在不甚佳，每次去鄰近國家旅遊，總是背著死亡的回憶回來。

特地選這裡，是因為炎亭用那乾癟的手指，指著這個地方。

我叫安蔚甯，大家都稱呼我安，原本的是個有缺陷的人類，因為我情感闕如；我沒有極致的喜怒哀樂，甚至不懂什麼叫深切的恐懼；事牽前世，那是段複雜的過往，我在前世竟自願捨棄了身為人類的情感，而有人卻為我保留下來，讓各式情感散佚在世界各地，等待我自發性的尋回。

而那個為我保留下情感的人，也正是應允我前世遺願的人，她私心的為我保留情感，讓我得以全數找回；現在的我是個完完整整的人，我不但擁有喜怒哀樂，也切實的擁有恐懼，所有的情感均已到位。

去年我在日本的樹海找回最後一個情感，也知道了前世的我歷經了如何的劫難，更瞭解到陪在我身邊的人，與我前世早有羈絆。

彤大姐便是那為我保留情感的人，她的前世可是個法力高強的巫女……咳，不過這世截然不同，誠如彤大姐說的，前世是前世，其他干她屁事。

這一世她不但沒有什麼靈力，連陰陽眼都沒有，反倒我有時還看得比她清楚，而我的愛人似乎早有修行，不但能瞧見魍魎鬼魅，還有點小辦法能驅趕它們。

至於我背包裡那蠢蠢欲動的乾嬰屍呢？

乾嬰屍原本是泰國養小鬼的最佳容器，我在泰國時意外得到它，它是具特別的嬰屍，無論身體還靈魂都是原本的個體，並非一般的泰國嬰屍，是移靈入其他屍體的。

它陪在我身邊歷經各式險難，沒想到這是注定的緣分；因為它的前世，竟與我關係密切！她是背叛我的侍女小夏，原本待我如公主般尊重，當得知我是替身後，竟立刻捨棄了我，還將我獻給敵軍，但她最後也負罪身亡！

她的背叛與我前世的詛咒束縛了她，讓她輪迴數次盡淒慘，這一世甚至成了乾嬰屍，死後靈魂仍在軀殼之內，無法進入輪迴。

在青木原樹海時，彤大姐前世的靈魂甦醒，淨化了當年所有的鬼魂；而當初背棄我的小夏理應在得到我的原諒後一同升天，可是事與願違。

小夏的遺骸被人動了手腳，幾百年前的屍首並不完整，不但有人盜骨，甚至還做了個假的草人藉以矇騙炎亭，讓它誤以為自己當年的屍骨仍在。

而一日尋不著屍骨，即使擁有我再多的原諒，炎亭也無法自由。

所以我們答應炎亭，要為它找回前世的屍骨；我愛炎亭、我珍惜它，這是我為炎亭所做的事情，而非前世那個背棄我的小夏。

即使我已想起了前世的種種，但我還是現在的我，安蔚甯，與前世無關。

原本這應該也是甜蜜的雙人旅行，至於彤大姐為什麼又出現……咳，因為當初她也信誓旦旦的說要幫炎亭找回屍骨，所以說什麼都要跟。

「會渴嗎？」兼職模特兒的俊帥男人遞上水，他總是溫柔體貼讓我怦然心動。

我的男人、我的愛人，他前世也是深愛著我的人。前世今生，雖說不願背前世債，但前世今生總是緊緊相連。

「我們得盡快 Check-in，不然可能會脫水而亡。」我笑著，咕嚕咕嚕的灌下一大口水。

「好想先去玩喔！」彤大姐望著遠處的大海。

『喂！』我的背包裡傳來不平之鳴，『我們不是來玩的！不是！』

我莞爾一笑，瞄向彤大姐，炎亭鐵定是對她的話興起微詞。

彤大姐頭一揚，走到我背包邊，狠狠的就往背包上巴了一下：「當然是來玩的啊，百事玩最大，你沒聽過喔！」

呃……我也沒聽過。

的確，雖說是來旅行的，但其實是為了炎亭；樹海裡未尋獲屍骨，所以我們理出頭緒後，決定從當初小夏轉世的第一世開始搜尋；攤開世界地圖，炎亭指向西班牙的安達盧西亞，那是它的前兩世。

好歹是泰國頗具神力的乾嬰屍，多少記得過去的輪迴，炎亭不記得細節，但是肯定自己出生於馬拉加，並且記得自己死於如何的狀況以及為什麼。

它保密般的不與我們說這段過去，但我們還是來了。

跟著米粒走進馬拉加的飯店，小鎮上出現三個東方人非常突兀，惹來不少注目的眼光，米粒代表辦入房手續，我跟彤大姐則靠在大廳柱子旁，等待漫長懶散的登記手續。

我把手中的提袋放了下來，再小心翼翼的把背上的背包取下，放在行李袋上頭，炎亭從一小縫鑽出好奇的東張西望。

「喂！妳幹嘛！」驀地，彤大姐的聲音忽然在大廳裡迴盪！

我嚇了一跳，發現她是瞪著我……身後咆哮的！我回首一瞧，有個十三、四歲的女孩，用一種不在乎的眼神，回瞪我們。

「想偷東西啊妳！」彤大姊氣呼呼的繞過我身邊，我才驚覺我的側背包竟被劃開了一道口子！

多麼光明正大啊！我吃驚的拿起側背包端詳，真的被劃開一個刀痕，就在我身後、在這大廳中！

米粒狐疑的回首看向我們，我趕緊示意沒事，請他繼續，這兒我們來就可以了。

女孩被彤大姐當場逮到還理直氣壯，叭啦叭啦的講了一堆話，滿臉全是挑釁，彷彿在說被妳看到了又怎樣！

接著彤大姐開始跟她對罵……雖然一個講英文、一個講西班牙文，但是她們吵得可激烈了……飯店人員並沒有制止，反而又聚集了兩三個一看就知道絕非善類的人，一起與彤大姐爭執。

我看情況不妙，說不定這些扒手根本是常態，所以連飯店人員都視而不見，只好試圖說服彤大姐息事寧人；我們並沒有任何東西被扒被偷，我的錢包跟護照全都還在，就別另生事端了。

電光石火間，那個女孩子忽然掠過我身子，飛快的奔了出去。

咦？就在那一刻，其他人也瞬間鳥獸散，彤大姐下一句話還哽在喉口，來不及罵出來。

不對！我倉皇的低首一瞧——我放在腳邊的行李袋跟背包，全部都被拿走了。

天哪！我就站在他們旁邊一公分的距離，那女孩還是可以這樣光明正大的拿走。

「太超過了吧！」彤大姐轉過頭，急起直追。

「怎麼了？」米粒終於發現大不對勁，趕緊高聲呼喚。

「他們當我的面搶走我的行李跟背包了！」連我都慌張的叫出聲來，「炎亭在裡面啊！」

「噢。」米粒忽然鬆了口氣，「炎亭在裡面啊。」

他泛出笑容，剛剛的緊張感一掃而空，轉過頭繼續辦理入房手續。

那一瞬間，我也停下腳步，順勢拉住了彤大姐。

「炎亭在背包裡。」我喃喃說著，「對啊，彤大姐別追了，炎亭在背包裡。」

「那怎麼還不追？」彤大姐氣瘋頭了，雙手握滿飽拳。

輕笑聲來自米粒，他拿著兩串鑰匙跟護照，從容自若的走了過來，其他飯店人員睜大眼瞧著我們不放，彷彿第一次看見東西被搶還如此泰然的旅客。

「要我說啊，誰搶了炎亭誰倒楣。」米粒為彤大姐接過她肩上的行李，「我們就在沙發上等一下，我想不到半小時，行李就會乖乖回來了。」

彤大姐眨了眨眼，這才了然於心，「哦」了好大一聲，綻開豔麗的笑顏，問我們要不要喝可樂，前頭有投幣式販賣機。

等我們坐下來聊天後，飯店人員才意思意思的過來問我們需不需要幫忙，是不是行李被搶之類的，米粒用流利的英文請他們別擔心，他認為搶犯會親自把行李送還。

我坐在沙發上，偎在米粒肩頭，噙著笑環顧四周。

這間飯店乾淨雅致，雖不及富麗堂皇，但出門在外能住就好，況且我們是為了炎亭而來，雖然還不知從何起頭，但我相信正如我多年來搜尋佚失的情感一般，冥冥之中，自有定數。

遠處有位服務生正在擦著桌子，我發現他似乎不時偷瞄我們，狐疑的與之對望，卻發現那服務生登時如驚弓之鳥，簡直是逃開大廳，從側門飛奔而出。

我趕緊張望，彤大姐正在閱讀在書店買的西班牙旅遊書，米粒正在聽 MP3，我們誰也沒有對服務生施以威脅，為什麼他彷彿看見鬼一樣的……看見鬼？

我一怔，立刻仔細的端詳整座旅館的大廳，這兒連陰界部分都一塵不染，沒有任何靈體存在。

那他在怕什麼？我嗎？

「安。」彤大姐喚了聲，眼神看向飯店外頭。

飯店門口正站著剛剛那名搶劫的少女，她臉色蒼白的提著我的行李、捧著我的背包，一路走到我們面前。

「現在的搶犯真有良心，會歸還東西呢。」彤大姐忍不住笑，她想像搶匪打開背包，發現裡面有一具會說話的風乾嬰屍，大概嚇得魂飛魄散了。

「東西放著吧！」米粒用英文說著，伴隨著動作。

少女把行李放下，但手中還是捧著背包不放；我發現我很不放心炎亭離開我身

邊，所以忍無可忍站了起身，走到少女面前

「給我。」我拉住背包，算是疾言厲色的望著她。

她迅速的鬆手，卻更快的搶過我左手的可樂！

這個動作讓所有人都站了起來，米粒警戒性的瞪著她，而彤大姐更是不客氣的衝了過來。

少女從容不迫的仰頭喝了口可樂，彷彿沙漠中乾渴的人一樣，一口氣把可樂喝完。

「好好喝喔！」她滿足的笑著，出口的是標準的國語。

我倒抽一口氣，這女孩會說中文？

「跟在嬰屍裡喝起來的感覺都不一樣。」她愉悅的聳了聳肩，「米粒，我還想再喝一瓶！」

米粒詫異的望向她，連彤大姐也張大了嘴，不客氣的指著她。

「死小孩？」

女孩……不，炎亭揚起上一抹笑，欣喜的轉了一個圈，喜悅的看著自己的新身體！

「你搞上身？」我的語調有點激動。

我知道剛剛那服務生在怕什麼了——他看的是門口的方向，瞧見的是個被上身的女孩，他感應得到炎亭？

「暫時嘛。」她裝可愛的說著，奇怪，以前她用嬰屍樣貌這樣說話時，一點都不可愛。「我還想喝一瓶可樂。」

「不行。」米粒接得俐落，「上身不代表你地位不同，把行李拿起來，我們進房間了。」

語畢，米粒逕自拿過行李，就帶著我們往電梯那邊去，我瞠目結舌的瞪著他，他怎麼沒多說兩句呢？

「它不能就這樣上別人的身！」我趕忙跑到米粒身邊。

「有人的身體好做事。」米粒壓低了聲音，「我不認為它沒有目的。」

我望著他，明白米粒的意思。

炎亭是為了尋找身體而來，擁有人類的身體，比用那具乾嬰屍躲躲藏藏來得有用許多。

我們魚貫進入電梯，炎亭興奮的跟什麼似的，東張西望。

「炎亭，這樣對這女孩會不會有傷害？」

她轉過頭，冷冷一笑，「小偷有什麼值得同情的？她剛搶了我們的東西耶！」

「比小夏值得同情。」我不客氣的回瞪著她。

炎亭立刻噤聲，咕噥的抱怨著，她又不是小夏、她現在是炎亭、一具乾嬰屍的靈魂，啪啦啪啦碎碎唸個沒完。

我們住在五樓，四樓是自助餐廳，從外面可以看見透明的玻璃天花板跟玻璃落地窗，四樓想必是個美好的半露天餐廳；電梯門開啟後，走廊上剛好有清掃人員，揚起熱情的笑容跟我們打招呼。

只是，她一對上炎亭，忽然臉色變得蒼白。

那可以說是一種驚恐，她嚇得踉踉蹌蹌，直到靠上了牆，慌張的拿出頸子間的十字架，喃喃呼喚著主的名。

還有一個詞彙，迪啊什麼的，我不懂的語言。

炎亭倒是邁開步伐，飛快的逼近可憐的婦人，指著她的鼻子唸了一大串流利到我們眼珠子都掉下來的西班牙文，嚇得婦人呼天搶地，直到我出聲勒令炎亭給我回來為止。

她不爽的走回我身邊，當我們走到房間門口時，看著那婦人竟然站也站不直身子，連滾帶爬的，往電梯那兒爬去。

「她剛剛叫你什麼？」米粒皺著眉，問著把行李扔在地上的炎亭。

「Diablo。」炎亭噘高了嘴，「惡魔。」

※　※　※

房間的安排變得很詭異，我跟米粒一間，彤大姐原本是睡單人房，現在多出了一個陌生的女孩。

說陌生指的是肉體上，實質的靈魂則是炎亭。

大家稍稍討論了一下，彤大姐的房間夠大，現在去要求兩間雙人房也相當奇怪，所以決定讓炎亭睡地板；它倒是隨遇而安，絲毫沒有反對，只是站在窗台看著外頭景色。

「風景不同嗎？」我走到炎亭身邊，訝異於她的專注。

「嗯，有些殘餘的印象而已……」炎亭幽幽的轉過頭來，「安，有事情在醞釀了。」

「咦？」我狐疑的望著她。

「這個地方、這片土地，有讓我既害怕又痛恨的力量。」她深吸了一口氣，「已經開始了，開始了……」

餘音未落，女孩竟雙腿一軟，登時就癱軟落地。

我及時抱住了她，但力道不足，雙雙跌上了窗台，引起一陣騷動！米粒飛快的衝了過來，攙扶我起身。

「怎麼了？」他緊張的檢視我全身上下。

「我不知道……話說到一半，她突然就倒下去了。」我也趕緊蹲下去，試圖搖晃著女孩，「炎亭？炎亭？」

女孩幽幽轉醒，先是狐疑的眨了眨眼，然後立刻嚇得推開我，往陽台的角落躲去！一連串西班牙文在空中飛舞，她慌亂得不能自已。

我跟米粒面面相覷，不由得立即往房裡瞧，果不其然，背包裡沉靜的乾嬰屍，此時此刻又好整以暇的站在桌面上了。

「炎亭？」我不可思議的望著它，它剛剛還在這女孩的身體裡的。

『還是這個身體舒服。』它邊說還邊伸了個懶腰。

「你不是要上身才能做某些事嗎？」要不然它剛剛無緣無故上人家身幹嘛？

『是啊，我達成我的目的了。』炎亭啡啡啡的笑著，『米粒，她懂英文，我們需要嚮導，你請她當嚮導。』

「嚮導？」米粒有些錯愕，他看了看躲在角落，驚恐不已的女孩，再轉向炎亭，「你確定？」

炎亭挑高了眉，以滿不在乎的神態一瞥，彷彿在說：問這什麼廢話？

米粒沉吟了數秒，緩緩的走到陽台去，女孩一瞧見他就失聲尖叫，全身蜷縮成一團，抱著膝蓋發抖。

簡單的英語交談後，女孩的叫聲漸歇，她眨動著明眸大眼望著米粒，幾分鐘後，剛剛那瑟縮的女孩登時綻開笑顏，收下一百歐元，愉悅大方的走進房裡，自動自發的泡了杯三合一咖啡喝。

「喂！這態度會不會差太多？」彤大姐看得超不順眼，用英語叫她把杯子放下。

「會去打劫的都很窮，看見錢當然心花怒放。」我輕哂，女孩正吹鬍子瞪眼的看著彤大姐。「妳叫什麼名字？」

「Alicia。」她用帶有西班牙發音的英語回著我，不甘願放下杯子。

「OK，我們需要妳帶我們觀光……」我頓了一頓，回首望向炎亭，「從哪裡開始？」

大概我的動作太突兀，Alicia 一時也沒注意到桌子上正站著一具風乾的木乃伊，她順著我的回首往炎亭那兒瞧，一對上眼立刻被嚇得花容失色，連連後退！

「別叫！」彤大姐緊張的上前，我們這群旅客最怪了，從入房後就一直有人在尖叫。「噓噓——」

Alicia 雙手摀住自己的嘴，緊貼著白牆，用戒慎恐懼的神色瞪著炎亭瞧，身子還微微的顫抖。

「它是……它不會傷害人的！」我只能想到這樣簡單的解釋，「妳別擔心，OK？」

Alicia 狐疑的掃視我們一圈，然後緩緩放下雙手，接著竟大膽的朝炎亭逼近；炎亭就站在桌子上，用一種複雜的眼神瞧著她。

「The mummy？」她想了很久，終於想到木乃伊這個單字。

「Yes。」米粒微微一笑，不忘輕聲跟她補充：這是活的。

Alicia 竟一點都不懼怕，跟著輕輕的拉拉炎亭的小手（被甩開），硬戳了戳它的身體（被打回），最後試圖要抱起它……這次是我攔阻她，我怕她不會抱，傷了炎亭就不好了。

「好神奇！它是惡靈還是天使？」Alicia 提出了讓我們錯愕的問題。

「哇喔……」彤大姐有些啼笑皆非，「妳沒有第三種選項嗎？」

「它死了，但是它的靈魂還在！」Alicia 歪了頭，「跟這旅館裡好多人一樣！」

咦？這句話太深奧了，深奧到我們一聽就知道有問題！當形容某人死了但靈魂還在時，百分之兩百指的是徘徊不去的鬼魂。

「妳看得見……鬼？」我直截了當的問。

Alicia 倒也不避諱，用力的點了點頭，「看得見，好多好多，不過因為它的關係，你們這間房沒有。」

她指了指炎亭，好像它是個驅鬼符。

我偷瞟了炎亭一眼，它一定知道這女孩也有特異體質，才會選擇上她的身、甚至要我們讓她當嚮導。

『我們要去 Catedral 大主教教堂跟希伯法洛城。』炎亭自個兒跟 Alicia 對話了，『馬上出發。』

Alicia有些詫異的看向炎亭，微微噘起嘴，認真的表示它不應該進入神聖的殿堂。

「帶我們去吧。」我拉過了Alicia，不希望她再有任何的拒絕。

她面有難色的抿了抿唇，小小的手發冷，點了點頭。

「喂，該不會……妳自己不敢進去吧？」彤大姐忽然望著她，提出了離譜的疑問。

我原本應該扯扯嘴角怪彤大姐亂想，但是Alicia的倉皇反應卻似乎印證了她的說法。

「妳？」米粒打量了她一圈，彷彿認真的觀察她是人是鬼似的，「妳為什麼不敢進入神聖的殿堂？」

Alicia倒抽一口氣，臉色蒼白的望著我們，一臉泫然欲泣的模樣，淚水與汗水都是涔涔滴落，身子顫抖得更加厲害。

「我，Bruja。」（音：布嚕哈）

我們錯愕的回首，希望有人會翻譯一下。

炎亭異常專注的望著，再看向我們，擠出難看的笑容。

「她，是女巫。」

第二章・血之哀鳴

女巫？我承認我聽見這個名詞，覺得有種詭譎的好笑。

「真的嗎？妳真的是女巫？」彤大姐異常興奮，「妳也會騎掃帚嗎？有參加魁地奇嗎？還有還有，奶油啤酒好不好喝？」

「彤大姐……妳哈利波特中毒太深了！」米粒啼笑皆非，誰叫彤大姐一直纏著Alicia不放，彷彿她念的是霍格華茲一樣。

Alicia好像不知道怎麼應付彤大姐似的，總是皺著眉，用一種不明所以的眼神望著她，然後加快腳步的往前走；在房間裡稍微休息一下後，我們便馬不停蹄的展開行程，不管能不能找到炎亭前世的遺骸，該玩的還是不能錯過。

而且，我相信炎亭的直覺。

Alicia所謂的不能進教堂，並不是指絕對不能進入，會像鬼一樣被聖光怎樣怎樣，畢竟她是一個活生生的人，正走在大太陽下領著我們前進；而是這裡有人「不准」她進入教堂。

因為她是女巫，是邪惡的化身，是惡魔的夥伴，怎麼可以進入神聖的殿堂，玷污上帝與瑪利亞。

這種說法讓彤大姐相當不以為然，正義感強烈的她，向來視公平為最高指導原則，這種歧視與莫名奇妙的理由，在她的人生字典裡完全不成立。

所以，Alicia 還是得帶我們進教堂參觀，而且彤大姐會完全「BACK HER！」前頭的彤大姐跟米粒不停的在討論哈利波特，大概只有我跟 Alicia 最沉默，這位嚮導反而走在後頭，就挨在我身邊，一臉凝重的樣子，跟前頭歡樂的氣氛形成強烈的對比。

「所以……女巫是一個綽號嗎？」我試著打破僵局，因為我有不好的預感。

我總是不好的第六感，在遇到倒楣事前，直覺就會特別靈驗。

「當然不是！」Alicia 用一種為難的臉色看著我，「我就是女巫，一個惡魔的夥伴，那是一種罪！」

聽見她使用 Qulity 這種單字，讓我覺得事態好像真的很嚴重。

「可是……妳真的是女巫嗎？」

我想問的其實是：世界上真的有女巫嗎？

Alicia 咬了咬唇，眼神流轉著不屬於十四歲的情緒，她稍稍的左顧右盼，我跟著她的眼四處張望，大概是她的緊張兮兮讓我神經過敏，總覺得有好多雙眼睛正在看著我們。

在賣小吃的攤販好像邊炸著薯條邊偷瞄著我們，站在街角聊天的少男少女，眼尾似乎也瞟著Alicia，連坐在露天咖啡座喝茶的人們，我都覺得眼神往這兒來。

「他們說我是，我就是。」Alicia聳了聳肩，「我不能上學、不能工作，所以只能在街頭當扒手！」

「不能上學？」我不免訝異，我不知道西班牙教育制度有這麼糟糕。

「法律允許，但大家都不准！我去學校只會更危險，還不如一個人在街頭晃，要逃還比較快！」

「逃？」Alicia使用的字眼越來越奇怪。

她只是瞥了我一眼，用一種「妳不懂」的眼神，接著便別過頭，趕到前頭去，帶著我們往前走。

Catedral大主教教堂近在眼前，富麗堂皇的哥德式建築，上有許多尖塔，還有教士聚會廳的圓頂穹窿，邊側還有一座高聳於所在建築物之上的方形高塔，便是有名的希拉爾達塔，是原伊斯蘭教寺院建築中僅存的一部分，佔地相當廣，是世界第三大哥德式教堂之一。

我們算是很幸運可以入內參觀，歐洲的教堂可不是全年無休，有時候真的要看運氣。

「你確定你能進去嗎？」我壓低了聲音，對著我背包裡的炎亭問。

「妳以為鬼真的進不去教堂嗎？」它話裡有些自豪。「技術上來說，我還不算是鬼。」

OK。我微笑，即將走進巴洛克式的大門。

只是有一群人更快的，忽地擋住 Alicia 的去向。

那是一種鄙夷與粗魯的態度，嚴正的阻止 Alicia 往裡頭走，我跟米粒面面相覷，突然覺得 Alicia 不是個有妄想症的少女，她說的很可能都是事實。

『嗚……』低泣聲忽地傳來，我背脊跟著一陣涼。

我飛快的回首搜尋，只感到敵意目光，但是涼意貫穿了身子，那悲鳴像直接傳進我腦子似的，跟我以往遇上鬼魂時的感覺一模一樣。

倉皇張望，我的眼尾餘光忽然瞧見了一樣不該出現的東西。

我就站在教堂門口，而在教堂裡那莊嚴神聖的木椅邊，竟然站著五到六個不等的幽魂！

全是女性，她們身影模糊，我甚至可以透過她們的身體，看見後頭正虔誠膜拜的人們。

「安。」米粒忽地拉過了我的手，將我緊緊拉至身邊，「轉過來，妳正站在陽光下。」

我瞥了他一眼，知道他也看見了。

但是我還忍不住用眼尾偷瞄她們，她們個個泣不成聲，伸長了手，像是要尋求幫助的人。

「喂！到底在說什麼？你們煩不煩啊！」彤大姐的耐性比誰都低，上前一把就把 Alicia 往後抓，「我們要參觀了，少擋路！」

Alicia 被往後一扯，差點摔個四腳朝天，她踉踉蹌蹌的到米粒身邊，是他及時抵住她的；接著她用一種不可思議的表情，望著彤大姐，接著再望向我們。

「她耐性不是很好，妳跟妳朋友聊太久了。」我們都知道那群人不是 Alicia 的朋友，看起來比較像是仇人。

「他們不是……他們不許我進入教堂。」Alicia 皺起眉，臉上浮現一絲畏懼。

「進去犯法嗎？莫名其妙！」彤大姐忽然從後頭朗聲的走過來，再度抓過 Alicia 的手，直接把她往教堂裡拽，「妳可是嚮導耶，盡責點吧！」

「愚蠢的東方人！」一個婦人氣急敗壞的用怪腔調的英文喊著，「邪惡之人不允許進教堂！」

我瞇起眼，這一切讓我想起不好的事情。

「是嗎？」彤大姐回首扔出一朵燦笑，「那妳自己好好記得啊。」說著，她帶著 Alicia 大步的跨進了教堂。

完全沒有我跟米粒說話的份，我們忍著笑，聽著後頭一長串的西班牙文，應該是在咒罵彤大姐吧。

只是當我踏進教堂裡時，那陰風直襲而來，我緊抓住米粒的手，感受那絕對不尋常的低溫。

我們不得不在教堂門口停下腳步，等身子習慣了那種詭異的溫度後，才繼續前行。

再次往前看時，那五個女人的形體變得清晰可見……她們依然是半透明的，但我卻已經可以清楚的瞧見，她們不完整的身軀。

有個女人雙手掌心呈現焦黑，我可以看見燒灼的痕跡，但只燒燬手部？她像捧著什麼似的，掌心向外的對著我哭喊，蓬頭亂髮的狼狽；另一個女人全身的皮膚呈現非常詭異的白色，她渾身上下滴著水，發出一種近乎歇斯底里的尖叫。

我左前方的女人更奇怪，她的身體非常長，但像一塊橡皮糖似的，中間好瘦好瘦，其他部位都正常；她仰天大叫，然後腰部變得更細，好像有什麼東西正扣住她的上半身拉扯，同時也抓住她的雙腳向下拉扯。

我扣緊米粒的手臂，他只是平靜的望向前方的聖母瑪利亞，但是我無法不去看那個正在變形的女人，她全身不停的抽搐，下一秒她的肚皮啪的出現一道鮮紅的裂口。

我倒抽一口氣，那女人登時轉過頭來，瞪大了眼睛直視進我的眼底。然後她的身子自腰部向兩方被撕裂，肚皮整個撕扯開的那瞬間，腹內的器官噴了出來，撒得座椅一片。

此時有個男人走了進來，好整以暇的坐上那堆腸子，我吃驚的再看向女人時，她又恢復原來的樣子，不過依然持續在慘叫，而她的腰部再次漸漸變細。

她在重現她死亡的樣子……我目不忍睹，天哪，這些女人是受酷刑而死的？

教堂裡有許多觀光客，也有當地人，有不少人帶著不和善的眼神，直勾勾的瞪著 Alicia 瞧。

Alicia相當緊張，但還是低聲為我們介紹這裡的歷史跟教堂對他們的重要性，教堂前端有個看似莊嚴的聖母瑪利亞像，我望著她，覺得她跟那些慘死的女人形成很大的對比。

「Alicia。」穿著全黑的男人走了過來，親切的呼喚Alicia，是神父，「好久沒看見妳來了，真難得。」

Alicia尷尬的笑了笑，或許她不是不想來，而是進不來。

神父含笑用西班牙語跟她交談了數句，目光移到了一直勾著她手肘的彤大姐，顯得有些訝異。

「朋友？」他使用英文，讓我們都能聽得懂。

「對，朋友。」趕在Alicia不知道如何解釋前，彤大姐立刻接口，「我們是網友，她帶我們來參觀。」

「哦，很好很好。」神父和藹的笑著，跟彤大姐頷首，跟米粒微笑，然後目光移到我身上時，他的笑容明顯僵掉了。

那是一種複雜的神情，帶著點恐懼，又帶著凝重。

「妳……」他皺起眉頭，朝著我跨進一步，「女士，妳的身上……有不祥的氣息！」

「這裡也流行算命嗎？」彤大姐刻意用中文說著，因為這真的很像路邊擺算命攤的人，總是攔下路人說你有大劫。

他上下梭巡了我一輪，老實說，我不喜歡這種眼神。

最後，他帶著狐疑的眼神，目光落在我肩上……或者說我背後的背包比較實際。

神父再跨出一步，試圖要做些什麼似的，但是一個人影飛快的擋在我面前，米粒用巍峨的身體擋在我們之間。

「我們要繼續參觀了。」他淡然的說著，「我們並不相信上帝，Sorry。」

彤大姐勾起一抹笑，立刻揚起右手上的佛珠，用一種滿機車的眼神比了比：「佛祖。」

言下之意，就是那套不祥什麼的，別用在我們身上。

我下意識扣緊背包，往門口退去，彤大姐拉過 Alicia 要她快點帶路，所以我們迅速的從側門離開，隨著腳步加快，幽魂的哭號也更加慘烈，我或許聽不懂她們在說什麼，但至少我聽得見「NO——」

就在我踏出教堂裡時，她們傳出一種絕望的哭喊聲。

先是向我求救，再來就施以絕望，這究竟是什麼意思？

「安，妳還好吧？」米粒緊摟住我，「不要去看，不要去回應，妳忘了嗎？」

「我沒忘……可是……」我緊閉上雙眼，回想著她們的慘狀，「你不覺得那些死法有點詭異嗎？」

「嗯……」米粒一臉若有所思，「我有些初步推測，不過……」

他拍了拍我的背包，「炎亭，說話！」

背包裡沒有動靜，不過炎亭的指尖暗暗戳了我的背一下，卻一句話都沒說！它表示人在裡頭，但不出聲？這是什麼意思？

好多事情都詭異得讓我不安，我看向米粒，他似乎也覺得不對勁。

「嘿！」彤大姐忽然折了回來，刻意把Alicia留在前頭，並且用中文與我們交談，「我不確定是不是眼花了，但是我發現這附近很多熟面孔耶。」

「熟面孔？」這話用在異地非常不恰當。

「那群人、那個乞丐、還有那個假裝在用手機聊天的人，不是就在我們旅館附近出沒的人嗎？」彤大姐不避諱的指著一群又一群的人，而他們真的因為被彤大姐指到，而閃避眼神，「靠，還閃？真的從飯店跟我們到這裡來？」

「妳的意思是……有人在監視我們嗎？」我也盯著那群人看，他們現在倒是紛紛佯裝無事的模樣，看著遠方。

米粒嘆了口氣，「這就是炎亭不願出聲的原因了，我們被監視了。」

「好樣的，才第一天耶！讓我好好度個假嘛！」彤大姐搖了搖頭，「我們真的很沒有玩樂運。」

我知道這情況很嚴肅，初到西班牙的我們被跟蹤監視，而炎亭又找了一個自稱女巫的少女當嚮導，許多人懷有敵意的瞪著少女，連教堂都不許她進去；那莊嚴神聖的教堂裡卻有著慘死的女人鬼魂在哭號求救，才剛抵達馬拉加，所有情況都有問題。

可是我還忍不住想笑，因為我們真的非常、非常沒有玩樂的命。

我記得去泰國，就遇上邪惡的四面佛跟下降頭；去所謂買東西吃東西的港澳旅遊，卻進了冥市；得到免費的海灘度假行程還住奢華小木屋，卻差點被南亞大海嘯的幽魂附身。

最後雖然去日本是為了找尋我最後一個遺失的情感，但至少有安排純休閒的賞櫻行程，卻被一大群地縛靈尾隨。

Well，我們的國外旅遊總是別開生面，特別計畫也沒辦法策劃到這個地步。

我們三個人不由得相視而笑，在經歷眾多劫難之後，我們都看得很開……非常開。

在樹海時曾歷經生死離別後，我已經不在乎很多事了。

「誰在跟 Alicia 說話？」米粒忽然注意到離我們有一段距離的 Alicia，正在跟某群年輕男女說話。

彤大姐簡直是以光速前進，一下就去到 Alicia 的身邊，一臉隨時準備吵架的模樣；我跟米粒緩步跟上，我們決定以靜制動，想監視的大可繼續監視，但不代表時候到時我們不會反抗。

還沒走近那群人，就傳來彤大姐爽朗的笑聲，看來所謂的危機暫時解除。

原來那是群自助旅行的學生，來自英國，男男女女，共有四個人；他們剛剛就走在我們身後，偷偷跟在後頭，偷聽 Alicia 做的歷史介紹跟導覽。

他們的旅費有限，實在能省則省，才想到偷聽導覽的辦法。

「我們可以一起走嗎？」高大的金色捲髮的男生叫 Bob，露出一臉靦腆的模樣，「我們只能夠出二十歐元……再多真的沒辦法。」

Alicia 皺了眉，她想以人頭算錢，說了一大堆有各種風險理由，因為在西班牙，當導覽是要有執照的！萬一被其他導覽員抓到叫警察的話，她可吃不完兜著走。

「別計較，就一起走吧。」米粒出面阻止 Alicia 的討價還價，「他們能出這些就是這些，妳收也好、不收也罷，無論如何妳都要接受他們。」

Alicia 露出不可思議的神色，開始跟米粒叫囂，米粒只是從容的接過 Bob 遞上的錢，攤在 Alicia 面前。

「收不收？」不管怎樣，這群自助學生是跟定我們了，如果我是 Alicia，我會聰明點收下那筆錢。

米粒只給她兩條路，別愚蠢到走第三條。

Alicia 咕噥歸咕噥，最後還是收下那筆錢，一票學生歡呼擊掌，米粒趕緊要他們低調行事，既然 Alicia 都說有風險了，他們幹嘛還這麼明目張膽？

學生們吐了吐舌，說了好幾次 sorry，Alicia 便帶著我們前往希伯法洛城。

「你怎麼心腸這麼好？」我打趣的問米粒。

「出門在外，只是學生沒關係吧。」他輕鬆笑著。我知道他，雖然看起來冷漠，但其實心腸很軟，只是過去的事情讓他以冷淡武裝自己。

幾個外國學生都長得很不錯，兩對都是情侶，長捲髮 Rita 跟金髮的 Bob 是一對，另一個是紅髮的 Cindy 跟棕髮的 Oscar。

有他們加入變得熱鬧許多，他們的英國腔很重，興奮的吱吱喳喳；而我總是不時回首，幾乎可以確定有人在跟蹤我們。

視而不見是我們的做法，加上那群學生實在很熱鬧，暫時讓我們忘記那群惱人又來路不明的傢伙；炎亭依然很安靜，它乖乖的坐在背包裡，偶爾摸摸我的背，讓我知道它還在……而且很無聊。

建築在山上的希伯法洛城看起來相當莊嚴，頂上有三根旗竿，國旗正飛揚；三面旗子分別代表著西班牙、安達魯西亞及馬拉加！我們接著得爬上長長的階梯，參觀古蹟總是需要好體力。

馬拉加是歷史悠久的古城，由腓尼基人建起，但在漫長的歷史裡，它前後曾被羅馬人、回教徒和天主教徒統治過，因此在舊城區有不少歷史的痕跡。而位於山丘上的希伯法洛城，曾是腓尼基人的宮殿，後來被改建為回教城堡，十四世紀時整建為現今的樣子。

我們一路攀爬，Alicia 間以解說，我打賭她平常一定也有在兼職不法導覽，因為她講得非常詳細，而且相當熟練；走上去時，我瞧見磚紅的城牆斑駁，雖然上頭被沒公德心的人亂塗鴉，但是我還是能感受到歷史的痕跡。

米粒跟彤大姐停下來拍照，那群學生也正興奮熱切的合影，我照了幾張俯瞰山下的景色後，便走到紅磚牆裡，感受一些身在歷史中的美好。

城牆腳邊的紅磚柱與山壁間延伸出一些三角形的空間，裡頭是陰涼狹窄的地方，我藏身在此，感覺很像幼時玩躲貓貓遊戲。

向遠處眺望，可以瞧見白色的屋瓦泥牆，陽光都市總是喜愛將屋子漆成白色，藉以反射炙熱的陽光。

好安靜……縱使我找回了情感，我還是過去的那個安，喜歡寧靜及自己的空間。

我緩緩的後退，直至無路可退，有種遺世獨立的感覺，沒有人瞧得見我，我得以獨自在這兒沉思……冥想……我將臉頰貼上泥牆，將掌心一併貼上，當微風掠過時，我彷彿聽見這古老的城在呢喃。

『不——我不是！』淒厲的叫聲，忽地從牆裡傳來。

我嚇得登時往後跳，瞪圓雙眼瞧著眼前素色的泥牆。

尚未反應過來，向後退卻的我卻又踢到了某樣東西似的，讓我吃驚的低首——

有個小小的身影蜷縮在我的腳邊，全身都在瑟縮發抖，低泣聲不止。

她不是人，我知道。

她恐懼的向外看，緩緩的往牆緣移動，她彷彿在閃躲誰一樣，把這裡當成一個藏身處，希望沒有人可以找到她。

我想避開腳邊的女孩，也不想再貼上剛剛那面牆，所以我只剩下旁邊的磚柱得以倚靠。

我看著歷史重演似的，女孩恐懼得無以復加，她得摀住自己的唇，才不至於讓自己害怕的叫出聲；怎麼看，那女孩都像國中生而已，還穿著中世紀歐洲的衣服；她是貧民，因為衣服上沒有花俏的蕾絲，而且衣上都是塵土。

外頭似乎有什麼動靜，她惶恐的向外瞧，驚慌失措的樣子，讓我看得都覺得於心不忍——究竟發生了什麼事，會讓一個少女如此恐懼？

倏地，少女的鬼魂抓住了我的褲子！

『救救我！請妳幫幫我！』她仰起頭，涕泗縱橫的朝著我高喊！

不！她怎麼可能會跟我求救？她是個逝去的鬼魂，徘徊在人間數百年尚未消散或是升天，怎麼會對著我……

『救救我……』我的耳畔，忽然也傳來淒楚的聲調。

我眼角往右瞟，看見我貼著的紅色磚縫中滲出鮮紅的血液，裡頭鑽出一張難以辨識的臉龐，她的臉皮幾乎被掀開來，淌著黑色的淚水，充血的眼球骨碌碌望著我轉。

我僵直背脊的緩緩離開磚牆，不希望動作過大而惹怒這些古老的鬼魂，但是我的衣服簡直快濕透了，被那凍徹心扉又黏答答的血液浸濕了。

當我的背完全離開磚牆時，我可以感受到黏膩的血液如同漿糊般，連結我與那磚柱。

側首瞧，鮮血爭先恐後的從磚縫裡大量湧出，整片磚牆已經瞧不見塊塊的磚形，我只看見被鮮血染紅的柱腳，還有漫流一地的紅血，越來越多……越來越……

『拜託妳！快點幫我！只有妳了！』我的褲腳被劇烈搖晃，少女未曾鬆手，『阻止他們！』

阻止什麼？我做什麼都阻止不了幾百年前的事情，這是必然會發生的，而且……妳已經死了。

我說不出口，我甚至不知道為什麼鬼魂會觸及我、甚至央求我的協助。

米粒呢？他沒發現我在這裡太久了嗎？我應該要尖叫的，我已經找回恐懼，我應該嚇得要死，我……我沒有想像的害怕。

是的，我只感受到源源不絕的悲傷湧進，就算有恐懼，也不是產生於我自身。而是這些女人。

我不知道為什麼能體會到她們的感受，但是那種近乎瘋狂的恐懼感，真的從毛細孔灌了進來！

『只有妳！只有妳！』她們哭喊著，『快點阻止他們，這對我不公平，不公平——』

「什麼？」我控制不住，出了聲。

女孩用悲涼的眼神看著我，再慌張的往外瞧，接著跳了起身，緊緊貼上那泥牆，我知道外頭有什麼東西逼近了，所以她才會如此恐慌。

『我不是——』她拚命的搖著頭，眼淚飛散，『我真的不是！』

「不是什麼？」我跟著緊張的大喊。

『我不是女巫啊！』她最後的叫喊成了尖細的嘶喊，刺耳的灌入我耳膜，逼得我必須摀起雙耳，我整顆頭都痛了。

「安——」熟悉的叫聲傳來，人影出現在我身後，我倉皇回首，立即被抱了個滿懷。

我落入米粒的懷裡，耳鳴得厲害。

「我聽見妳的叫聲，怎麼了？」他語調很緊繃，謹慎著環顧四周。

「我……我看見……」我緩緩鬆開手，腦子依然嗡嗡叫著。

「牆上滲出血？」

「咦？」我仰起頭，錯愕非常的望著他，「你怎麼知道？」

他的眼神越過我頭頂，看著後方那一大片泥牆。

我回身，地上的少女、磚牆裡的血都已然消失，取而代之的卻是從泥牆裡滲出的點點鮮血。

它們沒有如血瀑般漫流，而是如同點畫一般，在泥牆上凝出一個圖案。

我曾是編輯，我遍覽群書，我看過那樣的符號。

中世紀歐洲，獵殺女巫的烙印。

第三章・吉普賽的預言

在看到牆上的記號時，我有種豁然開朗的感覺。

從進入開始，這一切都跟「女巫」有絕大的關係。自稱是女巫的Alicia，教堂裡那些死狀甚慘的女人，還有剛剛那躲藏的恐慌少女，都跟中古世紀歐洲獵殺女巫的刑罰有關。

米粒是聽見我說話才趕過來的，他知道只有我一個人在那兒，而且聽出我的聲音中透著緊張，才趕緊追過來；彤大姐跟那群英國學生也全聚集過來，學生說米粒的神情好像發生大事一樣，讓大家都很緊張。

他們一窩蜂過來時，牆上的血跡瞬間消失，那是只給我或米粒看見的東西。

冷汗完全浸濕了我的背，那是汗不是血，但是我剛剛靠在磚牆柱邊時，感覺到的黏糊感是切實的，我的小腿還有扎實的箝握感，我很清楚那不是幻覺。

「怎麼了？」Bob很好奇的圍在我身邊，因為他們什麼都沒看見，卻發現米粒緊張的神色，跟我詭異的沉默。「妳在那邊看見什麼了嗎？」

兩個大男生還在裡面拍照，似乎很好奇究竟是怎麼回一事。

我不想說，只是搖搖頭，這些話說出來只會造成恐慌或是遭到嘲笑而已，現在是驕陽下的下午四點，哪有什麼鬼怪之談？

「吃點糖吧！」Cindy大方的拿出一大包太妃巧克力，這種大熱天吃甜死人的糖，我只怕會很難受。「Ann……妳看見鬼了嗎？」

我嚇了一跳，詫異的抬頭望向她。

兩個女孩一見我的神情，立即喜出望外的蹲了下來，一臉雀躍的模樣。

「真的假的？我們聽說這兒有好多故事呢。」她們又露出一臉探險的模樣。

真不知道我當年是學生時是否也這樣，去年在樹海時遇到特地去探險的大學生，現在這一票一聽說好像有鬼魂出沒，也露出一樣的興奮之情。

或許該叫彤大姐跟她們說說，去年到樹海冒險的大學生們，現在在何方？

「這裡有什麼故事？」米粒反問她們。

「哇……超多的，歐洲總是很多事啊。」Rita擁有美麗的銀色睫毛與海藍眼珠，「王室的謀殺啦，政治迫害啦……最有名的就是獵殺女巫了。」

我的心跳突然停了下來，這麼快就聽到我的猜疑。

「對，跟獵殺女巫最有關係的，就是西班牙教廷啦。所以很多地方都有傳聞，那些被殺死的女巫陰魂不散，總是在原處徘徊呢。」Cindy認真的補充，「這裡應該也不少吧？當初迫害了七百年，十五、十六世紀時超盛行的。」

我回想著，剛剛那膽小受驚的少女，她是個女巫？

Bob 拍了許多照片後走過來，其他人便興奮的跟他提起我似乎看見鬼魂的事，男孩們更加訝異，擠過來想聽我看見什麼。

「我……沒看見什麼。」我淡淡的搖了搖頭。

「Come on！」Cindy 不悅的請求著，「妳一定瞧見什麼了，那裡沒有其他人，妳在跟誰說話？」

「我只是自言自語。」我隨口胡謅。

學生們發出不平之鳴，無論如何要我說出些什麼。

米粒拍了拍我的肩，要我站起來別理他們，試圖為我擋下問題；不過彤大姐倒是很安靜，喝著可樂望著我瞧。

「就說說看吧！」她語出驚人，「反正說不定他們也會遇到，講一下保平安。大不了我等一下說說班代的樹海之旅給他們聽就是了。」

我蹙起眉頭，彤大姐的言下之意，大概是覺得萬一我真的看見了什麼……說不定等一下會連累無辜？

是，每次一出現異象，總是容易牽連到身邊的人。

所以我簡短的說我似乎看見一個少女恐懼的躲藏，不停的求救，當 Rita 拎著發亮的雙眼問我鬼魂有沒有說話時，我卻梗住了。

有，但是我不該聽得懂！她們講的是西班牙文啊！

「我聽不懂……」我說了謊，因為聽得懂就不會是好事。

「好酷喔。」學生們逕相討論著，問我還有沒有其他，我搖了搖頭。

不過米粒看得出來我有所隱瞞，趁學生們往前繼續登覽拍照時，走到我身邊，關懷的看著我。

「我應該只轉世一次，這裡不可能是我的前世對吧？」我不解的低語，「但是我又聽得懂她們在說什麼了！」

「那叫緣分吧？」彤大姊竟然做了這種解釋。

天可憐見，這種緣分應該越少越好吧。

「不過他們提到獵殺女巫……那是段可怕的黑暗時期。」米粒遙望聳立在山丘上的城堡，「對誰不滿就舉發她是女巫，求愛被拒也舉發，每天都有女人慘死在女巫的罪名之下。」

「剛剛在教堂內看見的，我想應該就是受害者了。她們身上都是用刑的痕跡。」

利用極端殘虐的酷刑逼迫無辜的女人招認自己是女巫，在酷刑中未死之人，再活活燒死。「幾乎沒一處完好，連衣服也殘破不堪……」

「還有衣服？」彤大姐顯得很驚訝，「通常不都是扒光審問受刑的嗎？」

咦？我跟米粒不約而同的望向她。

「拜託，你們沒看過相關考證嗎？那時候的女人只要被指為女巫，就要全身脫光，檢查有沒有惡魔的記號；受刑時也是全身赤裸的在大眾面前遊街，每次要殺女巫都是萬人空巷，多少男人爭先恐後的要觀看。」彤大姊語調裡有點義憤填膺，「尤其是美人女巫，那可熱鬧了。」

「會不會太變態啊！」我忍無可忍的低聲咒罵。

「沒辦法啊，那是個男性社會，又是宗教世界，那時的女人只有倒楣的份……」彤大姐往後頭瞄了瞄，「我說死小孩，你之前說過前世很悽慘，現在連女巫的冤魂都出現了，你該不會……」

『我前世是女巫。』炎亭用很小很小的聲音，在背包裡說著。

我瞪大了眼睛，那是只有我聽得見的聲音，因為炎亭防備著監視我們的人。

炎亭的前世還真的是被指為女巫？所以它才說前兩世都相當可憐悲淒。

「所以？」米粒萬分不解，「現在要先瞭解馬拉加的過去，就能尋找到你的遺骸嗎？」

炎亭又不說話了。它的沉默都很怪異，在樹海時是直接鬧失蹤，因為它不敢面對死靈大軍。在這兒呢？是因為這個地方在過去曾經殘害它，所以它也懼怕嗎？

「好了，回旅館再問好了。」我柔聲說著，在外頭追問太久，旁人都會起疑，我們幹嘛跟一個背包說話。

如果這個時代還有人會指著 Alicia 說她是女巫，只怕炎亭一現身就天翻地覆了。

Alicia 帶著我們逛完後，大家都累了，我們則是心急如焚的想回旅館去釐清事情，所以決定今天的導覽就到此為止。

Bob 他們有點惋惜，他們還想去探訪更多的傳說地點，我們無力阻止他們，便讓 Alicia 帶我們回旅館。

我們走在古老的舊城中，沿途我不斷瞧見數百年前的身影，一個個女人在暗巷中奔跑逃亡的身影。

到了一處廣場，那兒有唯美的噴水池，還有露天咖啡座，許多人坐在那兒悠閒的喝咖啡，曬著溫暖的陽光；但我看到的卻是一名全身赤裸且傷痕累累的婦人，被綁在長梯上，廣場中央升起熊熊大火，一群人將長梯往火裡推，而那婦人驚恐的發出慘叫。

她最終被推進去了，火舌燒上她的身子，劈啪作響，她的皮膚開始傳出焦味，因劇痛而掙扎扭動卻依然無法離開長梯，只能繼續慘叫。

圍觀的人們在竊笑，有人在歡呼，因為又除掉一個女巫。

我不得不停下腳步，火裡的女人用殘存的性命望著我，那兩顆眼珠在火裡益發顯得白亮。

「不要盯著看！」一個手掌忽然擋住我的視線，「妳的靈魂會被吸進去的。」定神一瞧，竟然是 Alicia。

「她們在等待救贖，想要拉人去代替她們，不要直視她們的眼睛，不要回應她們的求救！」Alicia 義正辭嚴的說著。

「安？妳又看見了？」米粒擔憂的拉過我的手肘，「在哪裡？這次連我都沒看見！」

「廣場……」我有點虛弱，我被充斥在耳邊的哀鳴聲壓得喘不過氣。

彤大姐往廣場看過去，她有點不安的皺起眉，我知道她什麼都看不見，尤其現在一片安詳和樂，怎麼會有異狀？

「妳這次看見什麼？」連彤大姐都好奇了。

「火刑。」Alicia 接口接得順暢，「廣場通常都是以前執行火刑的地方，把認罪的女巫活活燒死，因為人們認為火可以淨化一切。」

「放屁！」彤大姐打了個哆嗦，「要是真的能淨化一切，那些人為什麼還在這裡？」

「被無緣無故殺死總是不甘心吧？」米粒將我往懷裡摟，「妳不要再看了，臉色變得很差。」

我點了點頭，我並不想看，眼睛或許可以矇起來，但是誰能解決這不絕於耳的尖叫聲？

我最後只好在米粒的攙扶下前行，而在某條小巷裡時，冷不防的自岔路衝出一名披頭散髮的老婆婆，硬生生的擋住我們的去路，並且瘋狂的又叫又跳，激動的箝住我的雙臂。

「放手！」米粒情急之下掰開了老婆婆的手，將她推向後。

我們都被嚇到了，但老婆婆只是踉蹌數步，隨即又跳起來，再次朝我直衝過來。

「幹什麼！」這次是彤大姐，也擋在我前面，一手就抓住老婆揮舞不停的手，「指來指去的妳很煩耶。」

咳！彤大姐，妳現在講的是中文……老婆婆想要甩開彤大姐未果，兩個人再度一人一種語言，在巷子口大吵起來。

「等等！不要吵了！」Alicia 及時衝過來，把兩個人分開，「我來翻譯，婆婆有話跟你們說。」

「搞半天妳認識啊？」彤大姐狐疑的打量了 Alicia 一遍，她跟我們一樣，越來越覺得這女孩真厲害。

於是婆婆唸一句，Alicia 翻譯一句，當老婆婆在說話時，我可以感受到那份嚇人的激動與瘋狂不見了，她的聲音，帶著一種穩定的力量。

我聽不懂，但是那聲音很舒服，像是能撫慰人心。

米粒將我護在後方，我們三個人中英文最好的是彤大姐，米粒則是日文最強，我的英文普通，不像彤大姐那麼流利；她大學時就當過口譯，所以一點簡單對話難不倒她。

當彤大姐轉過身時，我們就知道大事不妙了。因為她露出一種狐疑，一種為難，還有一種大難臨頭的神色。

「簡單來說，妳有大劫。」她還真是簡化，她們明明講了十句以上吧。

「妳可以逐字說一次嗎？」米粒不耐煩的白了她一眼。

「古老的靈魂迴盪在城裡，惡性的靈魂徘徊在地底……邪惡的力量正在崛起，妳不該回到這裡。」彤大姐給自己一個白眼，「今夜不離，無盡的災禍勢必降臨。」

哇，我跟米粒有點瞠目結舌，不是為了那些奇怪的內容，而是為彤大姐的翻譯功力……

「有押韻耶。」我實在不得不讚賞，「口譯還可以留意到韻腳，妳超強的。」

「妳在翻譯古詩嗎？」連米粒也跟著答腔，忍不住鼓起掌來，「電影應該找妳去翻。」

「喂！」彤大姐沒好氣的扁了扁嘴，「老人家很認真，Alicia 更認真，我也很認真的翻譯好嗎？」

「我知道了。」我難掩淺笑，「跟老婆婆說謝謝。但是我們有正事要辦。」

彤大姐勾起一抹笑，與我對望，我再看向米粒，我們三人心照不宣，找不到炎亭的遺骨，那有空手而歸的道理。

我們現在有點像莽撞的學生，明知山有虎，偏向虎山行。

等彤大姐回身時，老婆婆已經不見了，只剩下有一雙水靈雙目的 Alicia，她瞧著我們，渴望一個答案。

「回旅館去。」彤大姐扭扭頸子，「休息一下，我們要再看明天去哪兒。」

「你們……」Alicia 露出一臉為難，「不打算離開嗎？」

「我們是來觀光的耶，七天六夜，這麼早走幹嘛？」彤大姐聳了聳肩，勾過 Alicia 的手腕，「該不會是妳串通人家來亂嚇人的吧？」

哇，只見彤大姐緊扣著 Alicia，一副如果她回答「是」，就要把人家生吞活剝的樣子。

「不……婆婆的預言從來沒有錯過。」Alicia 堅定的望著彤大姐，「你們一定會出事的。」

真是好導遊啊……還詛咒觀光客一定會有事。

「妳果然認識那個老婆婆。」米粒拉著我往前追上他們，冷冷的開口，「晚上要來行偷、行搶，製造事端嗎？」

「不！婆婆是吉普賽的巫師，她是最厲害的。」Alicia 不理會米粒的嘲諷，繼續說著，「我當初被追打時，也是她救了我，提供我住處，她什麼都知道。」

「那她就是最厲害的女巫嘍？」彤大姐入鄉隨俗，大家現在都在談女巫，那會預言的不就最大咖？

Alicia 一怔，旋即露出一抹笑容，那是抹自傲、自信的微笑，甚至還高昂起頭。

「他們抓不到她。」Alicia 深吸了一口氣，確定四下無人後，突然拉下了右肩的衣服，「永遠抓不到。」

Alicia 拉下衣服的肩頭呈現漂亮的古銅色，想來是長年在陽光下曬出的健康膚色，但是上頭有個焦痕，並非刺青，而是一個烙印。

跟剛剛泥牆上以血繪製的圖騰一模一樣，女巫的烙印！

※　※　※

在外頭草草吃過飯後，我們回到了旅館，彤大姐大方的讓 Alicia 跟她睡同一間，前提當然是她得睡地上或沙發；而我們三個則聚在我房裡，拉上窗簾，把悶了一天的炎亭叫出來。

它一出來就喊餓，所以我趕緊拿了剛剛在超市買的巧克力口味玉米片給它，還特別強調是外國口味一定非常好吃；而彤大姐則準備了一些點心，甚至倒起酒。

「怎麼有酒？」米粒莫名其妙的望著杯中物。

「我跟飯店要的啊。我們在飯店被搶耶，他們第一時間都沒處理，你卡刷了來不及要折扣，所以我去拗點福利。」她轉著瓶子，「不是什麼好牌子，但沒魚蝦也好啦。」

「有妳的。」米粒無奈的笑著，走到小餐桌這兒來。

「所以你上輩子是怎麼死的？」我趴在桌邊，看著好整以暇，認真圍著圍兜兜的炎亭。

『原本想自殺，但後來選擇被殺。』它開心的把盤子移前，大口吞下第一口玉米片，露出滿足的笑容。『不過我沒有被施刑啦，我一被找到時就死了！』

我不免皺起眉頭，「這是身為小夏的報應嗎？」

炎亭歪著頭看了我幾秒，聳了聳肩。

『可能吧。』它一臉不以為意的樣子，『那是上上一世的事情了，我記得的片段很少。可是我知道我的遺骨一定在這裡。』

「你指的是上上一世的屍骨，還是小夏的？」米粒說得我都迷糊了。

『小夏！小夏的！』炎亭有點氣憤的說著，握著湯匙往桌上敲，『現在只有小夏的骨頭最重要，其他的都隨便隨便！』

「好好，脾氣不要那麼壞。」我拍了它的右手一下，鬧什麼脾氣，只是問問而已。

「米粒會這樣問，是因為一路上太多冤魂現身，我覺得很不對勁。」

炎亭噘起嘴，又舀了一大匙玉米片，它嚼呀嚼的，似乎不以為意。

「希伯法洛城去了，主教教堂也去了，我們只看到一大群被殘害致死的女人靈魂，但是找不到任何關於小夏的線索。」我再一次跟它說明，「而且還有一個老婆婆預言我們會有大劫。」

『有我在。』它含著玉米片，拍拍胸保證似的，『別人會有大劫！』

我失聲而笑，這次它敢拍胸脯保證了啊？上次在樹海時，可是俗仔一隻，躲到不見人影呢。

「可是你今天很低調耶，問你話都不說，像在躲什麼似的。」彤大姐婀娜的端著三杯酒前來，「該不會當初殺死妳的人也是天敵，所以你很嚇吧？」

『臭女人！我一切都被小夏束縛，我的天敵只有那群死靈大軍！』炎亭氣急敗壞的跳上桌面，『前世什麼的我才不怕，我只是不想暴露行蹤！』

「咳——」米粒輕咳了聲，指指椅子，炎亭噘起嘴不甘願的爬回位子，知道自己不該在吃飯時間跳上餐桌。

「對啊，說到這個，有一堆人在跟蹤吧？」米粒走到窗邊，稍微拉開窗簾，「不是我的錯覺，就連我們樓下也有一堆人在監視。」

「到底搞什麼啊？我們現在是國際要犯嗎？」彤大姐搖著杯子，從容啜飲紅酒，「弄得好像有人要阻止我們找炎亭的屍骨呢。哈哈哈！」

咦？我倏地抬首，彤大姐剛剛說什麼？

連米粒都不由得轉過頭看著彤大姐，她想到的不是有人不喜歡 Alicia，或是什麼女巫這種傳說——我們怎麼會沒想到，或許真的是有人要阻止我們！

「喂……」彤大姐有點尷尬，「我隨口亂說的耶。」

「不，有其道理。」米粒皺起眉頭，他正在沉思。

「炎亭！」我立刻要它轉過來看著我，「有人會阻止你找屍骨嗎？」

它舔了舔沾在唇邊上的牛奶，『為什麼要？我找我的骨頭，只是為了要升天而已啊。』

它呿了聲，一副我們大驚小怪，還怪我亂聽彤大姐說話的樣子。

但我不覺得彤大姐的隨口一提沒道理。只是一個十四歲的女孩沒有必要動用那麼多人一路跟監，而 Alicia 確實是個人類，我看不見她有任何異樣，可是炎亭不一樣……它是具乾嬰屍。

該不會這裡，還有不容許女巫這種東西的宗教組織吧？

「唉，我覺得沒那麼複雜，我好累，要先回去睡了。」彤大姐將空著的酒杯擱上桌，「安，杯子再麻煩妳。」

「嗯。」我起身送她回隔壁房，「彤大姐，妳還是要小心……Alicia。」

畢竟是陌生人，我很不想這麼說，但她始終是個小偷。

「放心，我知道。」她倒是自信滿滿，「她要是敢動我的東西——妳看過我對付那些惡靈的，拿雨傘搗爛它們的頭……」

「Alicia 是人。」裡頭的米粒傳來幽幽的聲響。

我笑了起來，彤大姊則歪嘴斜眼的吐了吐舌，頭也不回的回隔壁；關上門時，米粒站在我身旁，將酒杯遞給我，雖然氣氛緊繃，但是我們倆隨時都能進入兩人世界。

把炎亭扔在身後的桌子那兒吃飯，我們旁若無人的喝著酒，依偎在床上聊天。

我只記得交代炎亭要把餐具洗好才可以結束用餐，它現在很乖，吃玉米片都不會撒得一桌了……

後來的記憶我不太有印象了。我只記得我徘徊在一間古老陳舊的屋子裡，那兒像是電影裡的穀倉，我好像在等人……

我穿的白色的蓬裙，是普通人家的衣服，身上都是灰塵，雙手粗糙，看起來是每天做工的雙手。

我在等誰？我為什麼在這裡？

急促的腳步聲忽然傳來，我緊張的往後退，迅速的躲進穀草當中。就在同一時刻，脆弱的木門被推了開。

「Alicia！」是一個女孩的聲音，我探頭出去，是我朋友，Rose。

「他呢？」我緊張的握著她的手，都快哭出來了。

「他不會來了！妳快點跑，教廷要來抓妳了，他們說妳是女巫，每個人都知道妳有女巫能力了。」

教廷要來抓我……他們要以女巫的身分逮捕我。

「不！我不是我不是……那是我天生就有的力量！」我嚇得雙腿癱軟，「我不要被抓走，沒有人被抓走還能回來的。」

所有被指稱女巫的人，不是死在牢裡，就是活生生的被燒死在廣場上。

她們被迫承認沒有犯過的罪，被各種刑罰折磨得生不如死。

「快走啊！」Rose 尖聲叫著，指向穀倉的小門，「妳從那裡出去，可以直接通到我們的教堂。」

我拔腿奔跑，在黑夜的石板路上沒命狂奔，我今夜原本要跟摯愛一起逃離這個地方，我們要到馬德里去重新生活，我不想懷著這份力量成天幫助村民，還要承受有性命之憂。

我們有我們的教堂。那是吉普賽人設立的避難所，大家都鄙視他們，但他們卻救了許多被指為女巫的人。

遠遠的，我可以看見高舉的火把。

我奔過廣場，看見昨日被燒死的瑪琳娜，她的靈魂依然在哀號，正瞧著我，希望我能救她。

我不能，因為我再不跑，下一個被燒死在這裡的人就會是我了。

我不是女巫，我真的不是——好熱……我彷彿可以感受到嚇人的高溫在我皮膚上竄著，空氣中瀰漫著熱氣，大火正吞噬著一切。

「安。」

好熱——救救我，誰來救我——

「安！」一陣冷水潑上我的臉，我嚇得睜開雙眼。

Alicia 就蹲在我前面，手裡的水正往我身邊的米粒潑去。

我倉皇失措的坐起身，瞠目結舌的望著我所在的旅館房間——豔橘色的大火開始吞噬房間的角落，熱浪襲上了我的皮膚。

失火了！

第四章・地下城市

「……咳咳！」屋子開始因濃煙而轉黑，我因緊張過度而滑下床，發出砰的一聲。

「安！」我聽見米粒的聲音，卻看不見他。

「米粒！米粒——」我睜不開眼睛了，濃煙嗆得我好難受。

忽然噹啷一聲，有人砸破了玻璃，風倏地從我背後拂上，而火舌嚐到氧氣，迸射出亮橘色的豔光。

「出去！」Alicia 拉起我，往我臉上罩上一條濕毛巾，把炎亭的背包扔給我就往窗外推。

我踉蹌的扶著窗框站起，單手把背包勾在右肩，心驚膽戰的往外頭走去……我們住在五樓，陽台外還有一片延伸的屋頂，來自四樓的半露天餐座，一整片透明的玻璃天花板。

屋頂是斜下的，我根本不知道該怎麼走，一旦鬆開抓著窗框的手，我不就會往下滑了嗎？

「米粒、米粒！」我大聲呼喊著，可是他完全沒有回應，窗框也越來越熱。

Alicia 忽然竄了出來，整張臉都是黑灰，「妳幹嘛？跳下去啊！」

「這裡是五樓耶！」跳下去還得了。

「不跳下去就是死路一條！」Alicia 試圖扳開我的手，因為火已經燒上來了。

「米粒呢？」我好怕我好怕！我試圖推開 Alicia，肩上的背包卻一鬆，直接從我右手下去了。

炎亭——我甚至來不及勾住它，整個背包就飛出去了。

Alicia 再度消失在黑煙裡，我知道她在搜尋米粒，可是米粒剛剛就躺在我身邊，他怎麼會說不見就不見……火勢這麼大，他再不出來會被嗆死的！

「安——」樓下傳來高亢的聲音，是彤大姐！「安，妳滑下來沒關係，樓下已經有救護墊了。」

我看不見。我眼前只有這片玻璃地板，我看不見樓下的人、看不見什麼救護墊，我第一次覺得恐懼是一件可怕的事情。

房裡又傳來爆裂聲，我嚇得蹲下身子，卻難免驚訝的回首。

然後，在豔紅的橘火中出現了模糊的身影，我望著熊熊大火朝窗外猛烈席捲，雙眼卻瞬也不瞬的盯著即將衝出來的人——米粒！是米粒嗎？

人影忽而清晰，那是一群在火燄中慘叫燃燒的女人，大火烤乾她們的頭髮，燒灼她們的肌膚，而其中一個人直直的走向窗外，大火煮滾了她的五臟六腑，因內外壓力差而使身體炸開來。

血管迸出的鮮血染紅了她的臉，她驚恐的白色眼球瞪著我，忽然朝我撲了過來。焦黑的雙掌一推，那力道直把我推離了窗框。

不——我什麼也抓不住，只能向後飛去，瞧著火舌終於佔據了窗緣與整間房間，而我卻不停地往下墜。

米粒呢？Alicia 呢？他們都還在房裡啊。

砰！我重重的摔上……某個柔軟的墊子，緊閉雙眼的我聽到嘈雜的人聲，還有刺耳的消防車鳴笛音。

有人撐開我的眼皮，刺眼的光射入瞳孔。

「哈囉?哈囉？」西班牙文啪啦啪啦的傳進我耳裡，我吃力的睜開雙眼。

「安！」熟悉的臉孔擠進消防隊員裡，緊緊的執握起我的雙手，「妳沒事吧？看著我，我是誰……」

我的淚水立即潰堤，伸出手臂環住了我最愛的人。

「我以為我死定了……我是被推下來，我一直找不到你！」米粒緊抱著我，將我抱離救護墊。

醫護人員連忙上前，為我裹住毯子，然後要米粒帶我到救護車邊，先做緊急處理；我的手上都是二度灼傷，因為死握著窗框不放，造成水泡竄出，米粒也是全身狼狽，彤大姐幾乎沒受什麼傷，還揹了個背包下來。

「你……什麼時候離開的？」我忍著疼，讓救護員為我上藥。

「我從餐桌那邊的窗戶滑下來的。」米粒蹙著眉心，他正為我心疼，「妳明明比我早出去，怎麼一直在上面？」

我搖了搖頭，火災的恐懼感依然縈繞在我心頭，久久不能自已。

我的胸口甚至隱隱作痛，那個鬼魅推開我時，一點都沒有放輕力道，她是以疾速奔至，狠狠將我推下去的。

「炎亭……炎亭呢？」我忽然想到，「背包掉下來了！你們有沒有看見？」

「什麼？」彤大姐錯愕的回頭張望，「死小孩沒跟妳一起下來？」

「沒有！」瞧她那模樣我就急了，沒有人接到炎亭。「背包從我肩頭滑下來，直接就飛出去了。天哪！」

「安，妳別急！」米粒按住我的肩頭，「它是炎亭，不會有事的。」

彤大姐把行李扔下，就往前頭去搜尋背包的蹤影，我低聲呼喚炎亭，不顧救護人員詭異的眼神，但是它就是沒現身。

旅館的火災綿延，我的傷勢不重，簡易的包紮後，救護人員就先去照顧其他的傷者。

我仰首望著，五樓一片火海，像隻火龍，在黑夜裡盤踞飛舞。

「怎麼會失火……」我好不容易平復心情，開始思考這一夜的慌亂。

「我們都睡死了。」米粒喃喃說著，「沒有人醒來，只差一點就要葬身火窟。」

我難受的握住他的手，「太累了，今天走太多路了……」

「不，我連我什麼時候睡著都不知道。」米粒蹲下身子，「安，妳記得妳睡前做過什麼事嗎？」

我有些愕然，睡覺之前？我們不是在說話、耳鬢廝磨，炎亭在後面涼涼的要我們去開房間好了，米粒說我們已經開了，炎亭是個大電燈泡，然……然後？

只剩下一片空白。

「現在一片混亂，沒有人看到那個背包。」彤大姐折了回來，「死小孩有沒有回應妳？」

間打包？」

「沒有……」我仰首望著彤大姐，「彤大姐，妳回去後就睡了嗎？怎麼會有時

「我？拜託，我睡死了。」彤大姊揪了心口，「要不是 Alicia 把我搖醒，我根本起不來好不好！」

彤大姊說她真的被嚇到發傻，睡得正沉被人狠狠搖醒，神智不清之際就看見房門已經開始燃燒，Alicia 慌亂把窗子打破，要她快走，然後便跨進我們的房間。

「房門燒起來？」我咬了咬唇，「所以是走廊起火嗎？」

彤大姐聳肩，她哪知道。她只知道把腳邊的背包一拿，就往樓下跳。那時消防車剛抵達，第一個跳下來的就是她。

「我們不該會睡得這麼沉，這不是一氧化碳中毒，是火災啊！」我緊握起雙拳，「我甚至連被子都沒蓋妥，我……」

我握了握拳，發現指尖竟然還有點麻痺感。

米粒警戒般的環顧四周，我們都知道，有事情不一樣了。

「妳剛掉下來時，說有人推妳下來。」米粒幽幽開口，「誰？」

他的語調裡藏著一絲惱怒，我深吸了一口氣，說了一個他可能也無能為力的對

象。

那些被火刑處死的女人，為什麼會出現在我房裡？她們是在大火中隨處出現？還是該不會房間的位置以前就是個刑場吧？

一陣混亂中，赤著腳，穿著襤衫衣物的 Alicia 從人群裡走了出來，她大部分的頭髮都燒焦了，身上有多處傷痕，手裡握著一瓶可樂，堅定的朝我們走過來。

米粒見狀立刻上前，她卻擺了擺手，表示根本不需要攙扶。

「真的很謝謝妳，要不是妳……我們說不定都已經葬身火窟了！」米粒由衷的道謝，Alicia 卻只是淡然一笑，灌起可樂來。

「這不是偶然對吧？」我心急如焚的跳了起來，「這一切都是有意為之的。睡死的我們……我們一定被下藥了，可能從通風口、也可能從……」

我的目光，停在把可樂當水喝的 Alicia 身上。

「酒……啊！那瓶酒！」米粒了然於心，我們喝了酒之後，就全都不對勁了。

「幸好你們喝不多。」Alicia 喝完可樂，滿足的打了一個飽嗝，「不過叫你們起床還是費了我一番功夫。」

我們不約而同的望著她，Alicia 是什麼時候開始說中文的？等等……剛剛在樓上時，她從頭到尾說的都是中文。

「死小孩！」彤大姐喜出望外的撲上前抱住她，嚇得炎亭花容失色。

這讓我大大鬆了口氣，原來炎亭早已附上 Alicia 的身子……它該不會就是看準了 Alicia 容易上身，才把她留下來的？

「放開我，放開！」炎亭快哭出來了，「安、安、安！」

「彤大姐，放開她！」米粒把彤大姐拉開，「它不適應人類的身體，妳會把它嚇死的。」

「好樣的！果然是你救我們的。」彤大姐不抱她了，改成用力往她肩上一拍，我覺得炎亭差點沒把內臟吐出來。

她厭惡的遠離彤大姐，躲到救護車的另外一側。

「你的身體不見了。」我憂心如焚。

「那個暫時不重要。」她語出驚人，「好了，我們快走吧。」

「走？走去哪？」

「去找我的遺骨啊！」炎亭說著，一溜煙的消失了。

我們沒有幾秒鐘時間足以錯愕，旋即跳了起來，趁著混亂之際，跟著炎亭離開了旅館的火災現場。

目前還無法得知是誰要殺害我們，但唯一可以確定的是，在這個異鄉裡，誰都不能信任！

旅館的人、路上的人，甚至是賣薯條的親切大嬸，沒有一個人值得信任，每一個人說不定都想要殺掉我們！

下藥放火，不惜燒掉這棟旅館，如果只是為了殺掉我們幾個，未免也太大費周章了吧？

跟著炎亭繞過街角，我們遠離了旅館，而佇立在街頭的鬼魂，紛紛聚集過來，並且指著同一個方向；我此時不禁懷疑，把我推下樓的女人，究竟是為我好？還是想害我？

因為如果那鬼魅真心要殺掉我，就不該準確的把我往救護墊上推，對吧？

我現在一身狼狽，甚至還赤著腳，慶幸西班牙正是盛夏，即使這樣也不會感到寒意；我們繞過好幾個街角，米粒指了指電線杆上的路標，我一瞥，我們正前往畢卡索美術館。

馬拉加是畢卡索的出生地，當然會有他的紀念美術館，一個地方有出名人，都會是著名的觀光景點。

炎亭上身的Alicia跑得飛快，但快到巷底時突然緩下腳步，那兒有個小小的教堂，教堂外面圍了成群的女人冤魂！

不及我在巴東海灘看見的鬼魂數量，但是眼前的數量也不少，少說有幾百個人，圍繞在那教堂外圍。

「米粒！」我拉住了他，「我不覺得進去會是一件好事。」

「嗯……」他也看得見，這龐大的冤魂，正回過頭來看著我們。

看不見的彤大姐自是不明所以，她拉住往前走的炎亭，狐疑的回頭望著停下腳步的我們。

「一定要進去！我有感應，我的骨頭在裡面。」炎亭指著教堂說，「我的身體也在裡面。」

「你的身體？」我倒抽了一口氣，「乾嬰屍嗎？」

炎亭肯定地點頭，甩開彤大姐，頭也不回的往前走去！彷彿摩西過紅海似的，那群冤魂讓出一條路，我們只好趕緊跟上。

途中我回頭很多次，發現一直跟蹤監視我們的人已不復在，這一路奔來，幾乎沒有人跟上，而現下 Alicia 的身體即將進入這迷你教堂，也無人出面阻撓？這條石板子路上只有我們四個人，還有這哀淒的冤魂集團。

炎亭熟練的從小門鑽進，時值深夜，教堂裡只餘微弱的燭光搖曳，牧師修士可能尚在睡夢中；這教堂真的很小且跟主教教堂相差十萬八千里，但肅靜依然，前頭同樣有著熟悉的聖母瑪利亞像，她抱著耶穌，感覺卻有些哀悽。

炎亭大剌剌的站在十字架前，閉起雙眼作深呼吸，似乎在聞嗅遺骨的氣味；米粒殿後，他是個可靠的男人，總在我身後保護著；彤大姐倒是開始準備道具，她每次都這樣，喜歡帶一堆有的沒的在身上。

我看著她從背包裡拿出一把……再一把的折疊刀，自己則拿出一把藍波刀，好整以暇的收起來。

「妳帶那些來幹什麼？」我忍不住壓低聲音問了。

「安，我們遇過多少事了，東西不齊全一點怎麼行？」她把兩把小刀塞進我手裡，「我幫你們準備的，一人一把。」

我看著掌心裡的小刀，真的……有這個必要嗎？

我們也只不過遇上多一點的死靈、想佔據我們的魂體、或是意圖斬下我首級的死靈軍隊……我攏了攏眉，決定把刀子收下，好像真的有這個必要。

然後，彤大姐又將那把貼滿符紙的傘拿出來了。

那是在巴東海灘時，她半自製的「驅鬼道具」，她拿自己的中小型自動傘，貼滿米粒給的符紙，傷了不少死靈，現在像成了她的寶貝似的，每次出國旅遊總是隨身攜帶。

唉！大家出國玩都是帶相機帶美衣的，哪有人會特地帶一把「斬妖除魔」的傘啦！

「喂！怎麼又拿那個出來？」米粒也看見了，口吻異常無奈，「壞不了嗎？」

「怎麼能壞啊！這可是我的傳家之寶耶！」彤大姐嗤了聲，我目瞪口呆的看著那把「傳家之寶」，那玩意兒真的可以這樣傳嗎？

「這裡。」炎亭總算出聲了，她直接越過瑪利亞，走到十字架前的祭壇，蹲下身子，接著使勁推著。

我看著那看來笨重的大理石，炎亭簡直像是螳臂當車般的渺小，她怎麼推得動啦！

「米粒，我們去幫她好……」餘音未落，我卻聽見了咚……的聲音。

那大理石桌被推動了？看起來輕而易舉，炎亭下方出現一道光，仰照著她；我們訝異的走過去，看著桌下有一條再明顯不過的密道。

「哇，這個我只在電影裡看過。」彤大姐顯得十分吃驚，一條樓梯就在自個兒眼前出現，延伸著往地下室而去，我也只在電視電影裡看過。

「走吧。」炎亭立刻往下走去，絲毫沒有畏懼。

廢話，它即使現在看起來是個人，但事實上它依然只是具乾嬰屍啊！萬一 Alicia 出了事，它只要把靈魂歸回到嬰屍身上就好了。

哇哩咧，問題是我們三個可是活生生的人耶。

「超刺激的！」彤大姐一馬當先的跟著炎亭往下走，「我超愛跟你們出來玩。」

「彤——」我喊不住她，她已經消失在地平線上。

米粒低低的笑了起來，攬過我的頭，溫柔的搓了好幾下，我們都知道非下去不可，為的可是炎亭前世的遺骨。

再害怕也得走，為了炎亭，那是我對它的承諾。

米粒先下去，在下頭接應我，其實一開始的恐懼在看見火光後就消失了大半。

我們踩著土砌的階梯往下，之後接連的是一條甬道，就像電影裡演的那樣，狹窄到只供一人通過，兩旁都是泥土，間以石牆，這裡的地質並不一致。而且一定沒經歷過地震，否則這樣的密道怎麼可能維持那麼久。

密道中每隔一段距離有點燃的火把，隱約的光源足以讓我們看清眼前的景物，但是如果火把是點燃的，就表示有人在這裡。

炎亭跟彤大姐在不遠處，我們尾隨跟上，走沒幾步就有岔路，岔路中還有岔路，它不是一條單純通往某地的密道，感覺上錯綜複雜，不熟悉說不定會在此迷路。

「味道不見了。」炎亭驀然止步，「有人干預了我的嗅覺。」

「別急，至少確定在這裡對不對？」我輕柔的安慰她，誰叫她一臉快哭的樣子。

「為什麼有人要干預？」彤大姐又提出了疑問，「真的有人不想讓你找到骨頭嗎？」

這是彤大姐第二次提出相同的問題，實在是因為有著讓人不得不懷疑的情況。跟蹤、監視、意圖燒死我們，現在再次干預炎亭的直覺，這一切都很難讓人相信，這裡是單純的。

有什麼人知道炎亭的存在，而且千方百計的想要阻撓它的升天！

誰？我實在難以想像，她只是個在日本出生的侍女，一個或許勢利點的女孩，但這兒是西班牙，更別說已經幾百年後的事了，這裡為什麼會有人想阻止她？

沙！有個聲音自後方傳來，米粒倏地回首，食指擱上唇要我們噤聲。

「噓！」有說話聲從遠處的通道傳來了，「你在幹嘛？小聲點。」

「他們不見了，走哪條路啊？」那是氣音，但是大聲到在秘道間迴盪。

我注意到前方有一處亮點，亮影十分寬廣，可能是個寬大的轉角還是什麼，所以我推著彤大姐往前走。

我們幾近躡手躡腳的往前迅速行動，卻發現那一大處光影竟然是一間洞室，裡頭也有著神壇與十字架，是個迷你教堂？在這個地下室裡？

米粒將我們往牆上集合，因為後頭的聲音越來越近，我們也聽見了明顯的腳步聲，然後步伐在我們身邊停止，僅僅一牆之隔。

「你們看！」某個人說著，從洞口闖了進來。

說時遲那時快，米粒飛快地抓住他的衣領往牆上摔，右手臂用力抵住他的咽喉，叫他動彈不得！

我嚇了一跳，望著後頭一臉驚慌失措的人們，「米粒……放手！」

米粒定神一瞧，才發現在他手裡的，竟然是Bob！

「你們怎會來這裡？」米粒鬆開手前，將他再往牆上摔了一下。

「我們……跟著你們來的。」Bob 一臉困窘的神情，「我們跑去看熱鬧，卻發現是你們住的飯店失火，然後又看見你們偷偷的溜走……就跟過來了。」

他們四個排排站好，一邊使眼色一邊用手肘撞隔壁的人，希望同伴們能開口說說話。

「是我提議要跟的啦。」Cindy 舉手說明，像上課要老師允許才敢發言的孩子，「因為你們應該留在那邊等著作筆錄，可是好像故意逃跑。」

「我們看見你們跑進教堂，在外面偷看，才跟進來。」Oscar 囁嚅的說，完全不敢看米粒一眼。

我重重的嘆口氣，「這裡可不是來玩的，你們快點出去吧。」

「那這裡是哪裡？超酷的，竟然有這種地下秘道耶！」Cindy 好像瞬間把剛剛的尷尬扔掉，立即望向小神壇，「這裡是個禮拜堂嗎？超迷你的。」

「我不想跟你們解釋太多，快點循原路出去。」米粒疾言厲色的說著，並趕他們走。

「參觀一下又沒關係，我們……大不了自己走自己的。」Rita 冷哼一聲，既畏懼米粒又不悅的向後退，「又沒有要你們帶著走。喂！走了啦！」

四個大學生尷尬的對望，摸摸鼻子跟著領頭的 Bob 走了出去；我們的確沒有權利逼他們離開，只能希望他們別跟著我們。

米粒看了這整間禮拜堂，發現看起來像依然有人在使用，並沒有想像中的厚重灰塵，所以這地底下的秘道的確有人在活動。

因此只好繼續往前走，我們不知道要去哪裡，也不知道在哪裡才能找到炎亭的骨骸，連它自己都不清楚，所以還是只能盲目的找。

離開迷你禮拜堂後，我們選擇轉彎，進入另一條甬道系統，越走氣溫越低，而且我似乎聽見了鐵鍊的聲響。

我集中全副精神，但口中漸漸吐出白煙，身子也開始不住的顫抖。

「不能再走下去了。」米粒忽然喊住大家。「這裡不對勁！」

我搓著雙臂，不安的看著昏暗狹小的通道，一根根寒毛直豎，但是我們卻不知道停止後該往何處去。

『終於找到妳了。』

回音忽然在秘道裡迴盪，聽起來像是在我們的上方……不，是每一方！

米粒連忙把我拉到身邊，慌張的望著我身後的方向，我緊扣住他的手臂，及時回身看著那個彎曲的通道，此時，通道開始出現大量的火光、還有叮叮噹噹的鐵鍊聲。

足音沙沙的傳來，似乎來自四面八方，可是我們只卡在一截通道中，為什麼聲音會這麼的大？我不禁摀起耳朵，恐懼感從心裡溢了出來。

一票陌生的人彎了過來，現身在我們面前，它們穿著不屬於現代的衣服、手持火把及鐵鍊，惡狠狠的盯著我們瞧。

『該死的女巫！妳還能躲到哪裡去！』帶頭的男子穿著修士的衣服，義正辭嚴的咆哮著。

我慌亂的看著米粒，這是歷史重演，還是鬼魂作祟？

沒有人懂，我們看著修士眼尾一瞟，身後的兩個彪形大漢手持手銬上前，我們下意識的後退一步。

大漢伸出手，須臾間便抓住了我的手腕。

『跟惡魔簽訂契約的女巫，自當受到懲罰！』修士大喝一聲，身後一票人傳來興奮的歡呼聲。

「哇——」我被觸及了！我根本被抓住了！

那紅鏽的手銬銬上我的手腕，米粒衝過來意圖阻止，卻被大漢一手揮打而去，撞上彤大姐跟炎亭，形成一記STRIKE！

然後，我被粗暴的押在地面，雙手高舉的往後拖行。

「啊——不！放開我！」這些明明是鬼魂，怎可能束縛住我！「米粒！炎亭——」

一個身影輕快的跳過米粒跟彤大姐，直直朝我奔來。

Alicia的速度飛快，一眨眼就來到我身前。一句話都沒有開口，她只是站在那兒，瞪著我身後那一群鬼。

我聽見恐慌的哀鳴，拖著我的大漢登時鬆手，恐懼的連喊了好幾聲不不不！

『妳、妳……不可能！』修士將聖經高舉在胸前，口中吐出的每一個字都在發抖。

「原來還認得啊！」炎亭冷冷一笑，跨過我身子，逼近那群窮凶極惡的鬼魂。

『妳應該已經死了啊！』修士大聲喊著，『抓住他們！他們全是女巫的共犯，全部都該死！』

它高聲喊著，卻沒有人敢上前一步，不知道哪隻鬼先行竄逃，緊接著就是火速的大逃亡。

米粒奔到我身邊，將我拉起，卻無論如何都解不開銬著我雙手的手銬。

那明明是鬼，可是它們的東西卻可以綁縛住我。

「這是怎麼回事？」我回頭，看著轉過身的炎亭。

「我們……恐怕走到不該走的地方了。」她說話時，口裡也吐著白煙，「我不是說我前前世被當成女巫殺死嗎？就像剛剛那一票。」

「所以？」米粒皺緊眉心，「我們現在回到幾百年前？」

彤大姐「哇」了聲，我發誓我覺得她口吻裡的情緒絕大部分是興奮。

「不。」炎亭頓了一頓，「我們是陷在未消散的鬼魂世界裡。」

第五章・另一個……

穿過一條又一條的甬道，幾乎已經分不清楚東南西北，我們找到了許多類似禮拜堂的地方，還有不少有歷史的小雕刻。

甬道四通八達，還有許多空下來的，裡頭放的是早已頹圮的物品，似乎存放了數百年。

「這裡根本像是個地下城市。」雖然身處在詭異的空間裡，我還是難掩讚嘆。

「其實是避難所之類的東西。」炎亭用先前從牆上取下的火把，照亮前方的道路，「雖然提供躲藏的地方不同，但都是個避難所。」

「避難？誰要避難？」

「女人們吶！」炎亭回首說得理所當然，「那時躲起來的女巫不少呢，一知道被告發，幸運的就能躲到地底來，逃過一劫。」

「怎麼躲？」我剛看過網路資料，非常不能苟同，「難道那些人不會下來抓嗎？」

「抓不到啊，這是避難所，很少人會說出這裡的事，就算說出來了，那些獵殺者也會在這裡迷路。」炎亭露出一抹邪惡的笑，「而且一旦被躲起來的女巫發現……」

我們心照不宣，獵殺者萬一真的落單，被所謂的女巫們發現，下場絕對不會太好。因為他們胡亂扣上罪名給那些無辜女人，誰能放過他們？

「可是，剛剛那群人……我是說那群人好像能很準確的找到我們？」米粒望著我被銬住的雙手，臉上盡是不悅。

炎亭作了個無奈的神情，聳了聳肩。

「就只有他。」她眼神透露出一絲殺氣，「他是當年殺死我的神父的繼承人，也是唯一一個熟悉地下通道的人。」

噢，這個不是個好消息。

尤其對我們這群誤闖陰鬼世界，而且還被銬上手銬的人，絕對是個最糟糕不過的消息了。

「怪了，死小孩，你不是說你只記得片段的前世記憶嗎？」彤大姐跟著發問，「怎麼瞧你現在記得很清楚？」

對啊，炎亭說過，它不太記得過去的事。

「拜託！我現在人在這裡，要找記憶很容易的，好嗎？」炎亭不耐煩的唸著，「好歹我當初死在這裡耶。」

什麼？我們全都嚇了一跳，炎亭當初是葬身於此？它可從來沒提過。

它話說得太輕鬆，可是我們卻變得很凝重，或許是因為現在的炎亭根本不是當初那個少女或是任何人，它就只是炎亭。

我突然想起我被叫醒前作的那個夢，我是一個擔驚受怕的女孩，我奔過黑暗的街道，一切歷歷在目，跟我們剛剛往小教堂時的路一模一樣。

夢裡的我曾經如此奔跑，然後盈滿恐懼的尖叫著。

「到了。」炎亭語氣帶著點興奮，彎身鑽過某個特別矮的甬道口。

老實說，剛剛我還以為這是死路，誰知道一側身，卻是柳暗花明又一村。

鑽過小洞口，竟然是一處寬廣的方室，這裡有桌椅跟火爐，儼然像是一個住家。

一塵不染，壇上有鮮花，蠟燭也像剛點燃不久。

「好妙喔，剛剛明明是死路了……」彤大姐還站在門口呆望。

「這是障眼法，其實那裡有兩道牆，第一道牆讓妳以為沒路了，真正的入口卻是在兩道牆之間。」米粒條理分明的解說著，「這裡之所以是秘道，果然有點學問。」

我環顧四周，氣溫依然冰冷，但是心情卻舒坦許多。

「炎亭，這裡是你的遺骨所在嗎？」

「不，我還沒找到呢。」提到骨頭，她就會露出可憐兮兮的模樣，「這裡是我那一世住的地方，我沒被指控為女巫，可是常常到這裡來幫助那些躲藏的人。」

她說著，或許是因為現在是以人的姿態在說話，讓我覺得她變得非常有活力。

「這一世的你，是個什麼樣的人呢？」我側了頭問，心裡相當的好奇。

炎亭定定的看著我，臉上揚起一抹神秘至極的笑容，什麼也不多說，逕自席地而坐，不習慣用人類的腳走這麼多路，她輕輕的搥打著。

我們停下來作短暫的休息，密室裡的靜謐，給了大家相當足夠的舒緩空間。直到尖銳的慘叫聲劃破這份寧靜為止。

「救命——哇——住手住手！」高亢的慘叫聲傳來，沒想到卻是女孩子的聲音。我們紛紛跳起，心裡纏繞著不安。

「那群英國學生？」彤大姐直覺性的喊了出來，「該不會他們也進入了什麼鬼世界吧？」

「走。」炎亭率先往前跑，她熟悉這裡所有道路，準確無誤的帶著我們往前衝。

聲音不知道是遠還是近，只感覺慘叫聲不絕於耳，在這座地下城市裡迴盪著；大概跑過兩三條長道，又進入了另一個寬闊的空間。

一樣是間斗室，這裡每隔一段距離都有這些設施，只是這一次，多了我們意料之外的人。

在慘叫的人果然是 Cindy，她全身赤裸的背對我們，正面貼著一口木箱子，雙手高舉過頭被繩子吊著，雙腳也被緊緊綁縛；而剛剛看見的修士，夥同另外一個男人，手裡拿著一隻奇怪的東西，往她的身上扒。

一柄竹竿，尾端接著如爪狀物，尖端如刀刃，扒上 Cindy 的雪白的肌膚，瞬間就刨出三條肉絲，鮮血如注。

Cindy 不停的慘叫與掙扎，但是被吊綁著的她，根本無從抵抗閃躲，只能任那貓爪在她身上不停的刨著肉條，直至見骨為止。

我噁心的搗起嘴，施刑的人甚至還掛著微笑，滿足般的不停扒著她的身子。

而其他三個人卻不見人影，放著同學在這裡受虐！

「搞什麼！」彤大姐意欲往前衝，可是炎亭卻飛快的攔下她，「死小孩！」

「那不關我們的事，她被抓到了，那就是當初他們對待女巫的手段。」炎亭冷漠的說著，但是彤大姐怎麼可能管她！

她推開炎亭，往前走，但還沒靠近，對面的秘道中就衝出一大群人。

「女巫！還有女巫！把他們抓起來！」帶頭的修士高呼者，我們頓時又成了鼠兒，立刻往最近的甬道裡逃。

這次怎麼就不怕炎亭了？還是修士下定決心要把她架上刑台？我拔腿狂奔，盡可能甩開那瘋狂的鬼魂，我還沒搞清楚為什麼對抗幾百年了，它們的靈魂卻未曾消散？女人們冤死不願升天還有道理，那些獵殺者呢？這太不合理了。

突然有個東西由後套上我的腳，我絆了一跤，登時跌上了地。

我摔得不輕，身體跟膝蓋都非常痛，撐起身子回首看去，我的腳踝上竟然圈了一條繩子，繩尾繫重物，由遠處便能將我套緊。

洞穴與通道中盈滿的慘叫與吆喝聲，米粒根本不可能注意到摔倒的我，我看著他的身影消失，拉開嗓子嘶喊著。

「米粒！」我試圖解開腳上的東西，回首卻看見那群自以為獵女巫的民眾朝我直直衝過來。

米粒果然聽見我的叫聲，立即回身衝至，但是獵女巫的民眾比他近得太多太多了，它們這次手持粗大的麻繩跟布袋，是打算將我直接套進拎回嗎？

開什麼玩笑！

可是我雙手被銬，現在連唯一的腳都被圈住了，我能怎麼辦！

『站起來！』

腦子有個聲音硬生生的傳入，我嚇得閉上雙眼，可是那聲音卻在我腦袋裡嗡嗡作響。

『什麼都不要管，站起來！』那是個全然陌生的聲音，但是卻不停的在我腦子裡播放。

我緊閉上雙眼，腦子被聲音影響，我只能順著那女孩的聲音指示，想著站起來站起來，站——一瞬間，我覺得整個人彷彿飛了起來，等我緊張的睜眼時，卻只看見米粒的胸膛。

我整個人跌進他懷裡，嚴格來說是撞進去的，他被迫踉蹌向後，若不是彤大姐跟在後頭支撐，只怕我們全部都會摔成一團。

「安……」米粒忍著疼，用狐疑的眼神望著我，他似乎想說些什麼，但是被後頭狂奔而至的瘋狂人們分了心，「我們先跑再說。」

這一次，他緊緊抓著我的手，炎亭在前頭尖叫呼喚，我們得快點跟上。

「可是我——」我的腳上還有……

我被拉著往前跑，健步如飛，我的腳踝上沒有任何繩索或是重物，被緊扣住的手上……也完全沒有手銬的痕跡？

我不解的望著自己，剛剛那些束縛哪兒去了？還有我剛剛明明跌倒在地上，是如何突然跑到十公尺以外的米粒面前，栽進他懷裡？

這到底是怎麼回事？在我腦子裡的聲音又是誰的？

可是我沒辦法思考，因為逝去的村民鬼魂正朝我們扔出石子，被扔到時依然會疼，我必須邊跑邊試著閃躲那些碩大的石子，以免砸中我的腦門。

老實說，我比較喜歡樹海，跑起來比較寬敞，也沒那麼麻煩，而且就算是假貨，至少我還是個公主，不是什麼女巫。

「哇——」前頭忽然發出叫聲，旋即撞成一團。

剩下的三個大學生淚流滿面，狼狽不堪的跟炎亭撞個正著，一群人在某個三岔路口摔了個鼻青臉腫。

「快走！」還是彤大姐機靈，架起炎亭，吆喝大家快點起身，足音在後頭直直追趕，我們哪有這麼多時間耽擱。

背景襯著不絕於耳的慘叫聲，我記得剛查過的資料，那種刑罰可以使人見骨而不死，只要巧妙的避開大動脈，足夠活活折騰人數小時之久。

再度穿過一個看似死路的牆中牆，所有人禁不住累的滑倒在地，氣喘吁吁。

我雙腳幾乎就要無力，安全感盡失。

米粒先將我安置好，貼著地聆聽足音，雖然那些是鬼，但在這個被封閉的世界中，它們跟人一樣。

「好像沒追上。」米粒至此才鬆了口氣，翻身坐上地。

那些大學生抱在一起哭，這情景讓我想到樹海裡的大學生。

他們並沒有立刻離開地道，反而邊做記號邊四處照相探險，他們看見了好多遺跡，也說瞧見了許多黑魔法的印記。

「黑魔法？」彤大姐挑高了眉，「你們怎麼知道什麼是黑魔法？」

「倒十字架，動物的屍體，還有很多可怕的東西。」

「那可能只是十字架放錯邊，有動物剛好死在那邊。」彤大姐迅速推翻那些話，跟著我們歷經這麼多事情，她不是不信，而是不輕信。

「這裡是女巫的藏匿所吧？有那些黑魔法當然是可能的。」Oscar 氣急敗壞的辯駁，「一定是有人在操控，所以將過去的冤魂喚出來，把 Cindy 抓走了。」

「最好是有女巫這件事。」彤大姐皺起眉，「你當我不懂歷史啊，那只是教廷用來控制人的一種方式，一開始是為了鏟除不信神的人，後來逐漸演變成男人對女人的控制。」

「妳才不懂！有神即有惡魔，女巫本來就是存在的，過去的歷史妳又沒參與到，妳怎麼知道那些女巫做了什麼邪惡的事！」Bob 竟然也激動的辯解起來。

這儼然像一場辯論會，而且沒有人記得我們幾分鐘前才被當成女巫追殺，還有個無辜的大學生慘死在刑場裡……或許還沒死透吧。

這種事沒有絕對的對錯，他們是英國人，歐洲是天主教或是基督教的天下，他們是可以為宗教戰爭的國家，所以他們深信所謂的上帝，信中古歐洲的女巫也不為過。

在梵蒂岡內，多少惡魔上身的事都無科學理論足以推翻，遑論區區女巫事件？這世界上有太多人類無法說明、解釋的現象，或許是科技未達到那個境界，或許真是神蹟或是惡魔的手段，這些存於人類長久的歷史與文化中，不是辯論就會有結果的。

「那你有參與到嗎？」彤大姐不客氣的反問，「那些女人超慘的，明明是無辜的，還被你們講成那樣。」

「我們……」

「不要再吵了，吵這些沒有用。」我忍不住出聲制止，「這是觀念問題，吵再久也不會有結果……」

「不如說說你們怎麼發生意外的。」米粒靠著牆，懶洋洋的開口，「不是叫你們離開了，為什麼會搞成這樣？」

提到這件事，他們終於流露出緊張恐慌的神態，彼此互看了好幾眼，好像在推舉一個人說明。

「我們後來遇到路就轉彎，根本不知道轉到哪邊，然後 Cindy 說她覺得怪怪的，空氣越來越冷，所以我們開始找路出去，卻一直找不到。」還是 Bob 開口了，「有死路有小房間，然後……」

他轉過頭，看向 Rita，她咬著唇囁嚅囁嚅的接話，「然後我聽見有人在哭，所以我們往聲音的方向走去，發現在通道間有個女人好像跌倒，正在求救；所以大家就往前走……結果，旁邊突然衝出一堆人把 Cindy 抓住，說她是女巫！」

「那你們咧？跑了？」彤大姐托著腮，沒好氣的搖著頭。

「他們也要抓我們啊！我們只有跑啊！」Oscar 連忙解釋，「那一大群人有幾十人耶，我們嚇得根本什麼都來不及想，直接就往回衝了。」

「真慘……」彤大姊不悅的啐了聲，「現在是怎樣？在這裡的都是女巫嗎？」

我看向坐在荒廢石桌上的炎亭，她神態自若，雙腳懸空的輕輕擺盪，彷彿一切都在掌握之中似的從容。

所以我站起身，坐到她身邊去。

「你有話要跟我說嗎？」我定定的望著她。

炎亭回過頭來望著我，聳了聳肩，嘴角卻勾著笑，不發一語。

「真正的女巫是她吧！」Rita 忽然指向炎亭，「為什麼那群人不抓她？」

「為什麼她是女巫？」我厲言反詰。

Rita 抽了口氣，卻緊張兮兮的不回答我，反倒是一旁的 Oscar 感覺有些慌張，眼珠子轉呀轉的，然後小小聲的說了：「大家都這樣說。」

「大家？」米粒瞇起眼，這個大家很妙了。

「跟你們分開後，我們繼續去海邊玩，遇到很多當地人攔下我們，問我們是不是跟女巫 Alicia 在一起。」Bob 用眼神瞟了炎亭，「他們說，她是這個鎮上最惡毒的女巫，現在受到吉普賽人保護。」

我想到那個老婆婆，真正的 Alicia 也說過，現在她流浪到吉普賽人那，的確受到婆婆的保護，否則她早就……早就什麼？被當成女巫，用中世紀的方式刑虐？或是活活燒死？

「我真受夠了！」彤大姐不耐煩的出聲，一躍而起，「我不想躲在這裡，我們的目的還沒達到，死小孩，你說句話吧。」

彤大姐刻意用中文說，不讓他們聽懂我們在說什麼。而炎亭總算也跳下石桌，緩步往石室外頭走去。

「我們要繼續找，我的遺骨還沒尋獲，而那群獵殺者一樣會繼續追尋，我幫助不大，因為我現在在 Alicia 的身體裡。」炎亭回首，用平靜的神情跟我們解釋，「我在嬰屍裡，力量才能發揮到最大。」

「那你的嬰屍呢？」米粒也聽出來，炎亭話中有話。

嚴格說起來，它附上 Alicia 身體那麼久，早就讓我們起疑了。

炎亭終於蹙起眉頭，眼神流露出哀傷，嘆了口氣，又搖了搖頭，「我不知道……但是它在不好的地方。」

「什麼叫不好的地方？」我緊張的上前一步，不理會 Bob 拚命的問我們在講什麼。

「你們說的都對，有人故意把我的身體搶走，有人故意阻止我找回我的身體，這一切都是故意的！」炎亭變得激動，開始嘶吼吶喊，「我不知道為什麼，但是有人在針對我，從一開始就是。」

我急忙的衝上前，將炎亭緊緊抱住，她又開始哭泣，原來她都在隱忍這些痛苦的情緒，為什麼不說呢？

「死小孩，什麼叫從一開始就是？你幹嘛不早說？」

「因為我想快點找回我的骨頭啊！我不想因為其他事情分心！」她哭喊著，「我想升天我想升天！樹海裡那些人都可以走，為什麼我不行！為什麼！」

「噓——別哭，別哭……」我撫著她的頭，一邊用眼尾示意彤大姐暫時別說了。

而Bob則慌亂不已，他們聽不懂我們的對話，正胡亂猜測我們可能在進行什麼陰謀，要把他們推出去送死，或是要自行逃亡等等。

我們沒那麼可惡，也沒那麼自私，可是絕對也沒那麼偉大。

「炎亭，剛剛有人在我腦子裡說話。」我貼在她耳邊，聲如蚊蚋的說著，「是你嗎？」

她抽泣著，直起身子，淚眼汪汪的瞧進我眼底。

「是我，也不是我。」她眨了眨眼，殘餘的淚水被擠了出來，「這前兩世的我，她死了六百年，也沒有升天……我就是聽見她的聲音，我才確定有人在害我。」

小夏死亡後，幾乎立刻轉世到這裡，成為西班牙人，年紀輕輕就被視為女巫殘殺，而她的靈魂竟然沒有升天？可是這不合理啊，因為小夏的靈魂應該轉世到現在的炎亭這兒，前幾世的靈魂怎麼可能還會在這裡。

「你在說什麼？你就是小夏，就是前兩世的人不是嗎？」米粒也不可思議的湊了過來，「你說前兩世的靈魂還在這裡？那你是什麼？」

「靈魂的一部分。」炎亭說著，又鼻酸的哭了起來，「你們聽不懂嗎？我的靈魂被拆解了！被拆解了！」

這下懂了。

小夏不只是遺骨被拆解，現在連靈魂都被分開，即使完整的轉世到西班牙，靈魂在死後沒有以完全的姿態進行下一個轉世，而是殘留了一部分在這裡……六百年無處可去，只能在剛剛與我對話。

「誰做的好事……」彤大姐不自覺得握緊雙拳，恨恨的瞪向 Bob，「你們閉嘴好不好！吵死了！」

學生被她的氣勢嚇得噤聲，全呆在原地不敢妄動。

「不知道……我不知道。」炎亭緊咬著唇，「安，我好嘔喔，我為什麼要背負這種命運，雖然小夏是我，可是我並沒有做那些事啊。」

「沒辦法，你們靈魂是一體的，你暫時認了吧。」米粒說了一點都不讓人覺得安慰的話語，「我看先閃為妙吧，我們在這裡這麼吵，那些鬼聖徒要找到我們太容易了。」

炎亭抹乾了淚，雙眼又燃燒出一種銳利，她深吸了一口氣後，回頭要我們跟緊，然後指向 Bob：「你們給我離遠一點。」

這當然是不可能的事，我們不管怎麼說，剩下的三個學生勢必緊跟著我們；他們都已經有一個同學莫名其妙被當成女巫施以貓爪酷刑了，哪有那個勇氣自己再亂繞亂跑？

跟著我們的條件就是殿後，我也不想再被人抓住了。

炎亭動作迅速的從一面牆的小縫中閃出石室，我們也明瞭到這裡的洞穴其實都不只一個出入口，只是利用牆壁，還有很多繪圖造成視覺上的錯覺，這樣才方便逃跑以及躲避追捕。

果然前前世曾在這裡待過，此時有炎亭真的讓我額手稱慶。

米粒依然不願意放開我的手，我一邊跑一邊向炎亭的某部分靈魂祈禱，如果妳剛剛能幫我，也能幫助我們大家對吧？我想妳應該希望跟炎亭合而為一，畢竟你們原本就是一體。

我身後的學生窸窸窣窣的跟著，大家都很害怕狹窄的通道裡遇上獵殺女巫的人，可是它們是鬼，神出鬼沒，誰又能奈它們何？

「等等，等一下。」我緊拉住米粒，要大家停下腳步。

「安？」前方的人狐疑的回首望著我，現在並不是停下來的好時機。

「我們要逃到什麼時候？這樣下去不是辦法。」我不喜歡逃，不喜歡躲，尤其在這種空間有限的地方，「炎亭，你專心的找遺骨的位置，我們不要以躲避那些鬼為優先。」

「安？問題是我可不想被吊在上頭，削肉刨絲的。」彤大姐也說出了重點，「那群鬼沒有理智，見人就抓，見人就殺，弄不好還沒找到死小孩的身體我們就掛了。」

「我們遇過多少次鬼了？」我心跳得好快，但是卻有股史無前例的衝勁，「區區幾個獵女巫的中世紀鬼魂，真的能奈何得了我們嗎？」

我不是不畏懼這裡的力量，縱使是鬼，它們還是活生生的折磨死 Cindy 了！我遇到不想再遇了，當進入與鬼相同的封閉空間後，擁有執念的鬼魂總是能對人類做任何事情。

過多的畏懼只會造成退縮，但適當的恐懼卻能迫使人們前進與突破。

我在巴東海灘時就領悟到，恐懼是為了讓人跨出勇氣的那一步，而不是沒命逃離。

彤大姐最先揚起微笑，我最愛她那種既自傲又豔麗的笑容，她會散發出一股逼人的光芒，勝比西班牙的陽光還燦爛。

「我喜歡這主意！」她好整以暇的拿出所謂的「傳家之寶」。「米粒，你應該有帶一些有的沒的吧？」

「什麼叫有的沒的？我這些東西可是很珍貴的。」米粒笑看著我，溫柔的撫上我的臉，「安，現在的妳，比沒有極致恐懼時還要迷人。」

我赧紅了臉，即使知道現在不是時候，但我還是忍不住的笑了起來。

人，總是要面對現實。

米粒回身跟三個恐慌的學生簡單解釋我們接下來要做的事，不過只換得他們更加的驚恐而已。

但是我們無所謂，最前方的炎亭露出燦爛的笑顏，沒有人比她更期待能找回自己的遺骨……還有被拆解的靈魂。

不管是誰，他都別想傷害我們的炎亭。

我們的。

第六章・公開審判

當我們決定不再逃跑之後，我覺得牆面出現了變化，但因為地道內光線越趨昏暗，總有幾次讓我以為只是眼花造成的結果。

可是，當我看見一張臉浮現在土牆面上時，我幾乎確定了那不是錯覺。

「天！」我驀然止步，「你們有沒有瞧見。」

「什麼？」米粒手持火把湊近我，火把一接近牆，就什麼都沒了。

「有人在窺探我們……從、從這面牆。」我指著現在平滑的牆面，「一張臉，跟浮雕一樣的浮出來。」

米粒擰著眉照向牆壁，學生嚇得竊竊私語，所有人拿火把拚命往牆上燒似的，卻再也沒出現我剛看到的異象。

我解釋從剛剛開始就一直如此，是女人的臉，還有眼睛，像是牆的另一邊有秘室，她們正偷偷觀望。

一陣陰風忽然自地道另一端猛然襲至，火把跟著異常晃動，這讓所有人不由得一驚，不得不提高警覺，這陣風來得並不尋常。

然而對方完全沒有想躲避的意思，隆隆的聲響開始由遠而近，在這地道裡回響。

那是很多人的聲音，齊聲唱誦著同一篇東西，聲音是整齊威嚴的，一字一字的唸著，激動而慷慨激昂。

「那是祈禱。」Bob 說著。

緊張的 Rita 十指交扣，做虔誠的祈禱狀。

其他同學也依樣照做，身陷危難與死亡威脅的他們，心中的信仰的確可以幫助他們鼓起勇氣。

「說什麼屁話！」彤大姐忽地低咒，這讓我也豎起耳朵聆聽。

『女巫是與魔鬼締有密約，並把自己的靈魂賣給了魔鬼的人，是魔鬼的後裔。女巫與魔鬼舉辦宴會時，她們會狂亂的舞蹈。以人的心肝為食，恣情縱欲；女巫喜歡對有孕的婦女下手，利用邪惡的術法，把胎兒的頭、手、腳一點一點的取出來。

『行邪術的女人不可容她存活！行邪術的女人不可容她存活！』

那聲音越來越大，越來越響亮，幾乎隨著風貫穿了我所在的通道。

然後，遠遠的，我看見了。

我看見了遠方的地道中，土牆壁上突然竄出一幢幢土柱，它們突然出現，將我們身後的路徹底封住，一個接著一個……彷彿一種機關，萬一有人身在土柱突出處，勢必成為肉餅，如果剛好被夾在兩根柱子中間，那也無從逃出生天。

「快跑——」我忍不住大喊出聲，雙眼恐懼的向後瞧。

米粒只瞥了一眼，拉過我的手就往前狂奔，後頭三個大學生還愣愣的花時間回頭，然後慌亂的嚇掉了東西，三個人忙和在一起又撿東西，又絆跤的，眼看著突出的石柱越來越近、越來越快……

「快點！」我對著他們大喊，再不快一點，等一下就被追上了。

「不不不！」我聽見最後一個的 Rita 在哭，「怎麼會這樣？我們根本不可能是女巫，有罪的人明明是……」

男生跑得很快，遠遠的把她甩在後面。

我們都知道，Rita 跑不動了，一根土柱緊臨著她身後突出，她嚇得不敢動彈，緊接著下兩秒，她的面前又延伸出另一個土柱。

「不——不要丟下我！」Rita 伸長了手，朝著朋友哭喊著，「它們會殺死我的，我知道，它們一定會——」

柱子砰的自她的手臂處撞擊，瞬間只留下一截手腕掉在外頭，慘叫聲自裡頭歇斯底里的傳來，Rita 已被關在兩根柱子中間，當我們向右彎去時，我就再也看不見她了。

炎亭帶著我們向右彎進一個較大的地道，那兒有個七條秘道匯集而成的圓形小廣場，身後的土柱撞聲隆隆，我們知道那機關還在動作，因為空中依然交織著巨大聲響。

「往哪裡走？」彤大姐環顧了一圈，「該不會不管往哪裡走，後頭那種東西都會繼續追來吧？」

炎亭也有點慌，她焦慮的左顧右盼，無法迅速判定該走哪一條。

但是，在微光中，有其他人現身了。

她們出現在我們身邊，藉著微弱的火光，或是牆上的光點聚集成一個人形，紛紛指向同一個方向。

「這是什麼？」彤大姐不可思議的望著那群女人的鬼魂，連她都瞧見了。

「哇啊啊！哇——」Bob 嚇得大吼，比誰都害怕。

「跟著、跟著她們走。」我對著炎亭大喊，「聽她們的話，跟上去！」

炎亭回頭瞥了我一眼，那眼神意味深遠，我一時搞不清楚，但是她的確順著鬼魂們的話，走進了她們指示的道路。

此時此刻，Bob 突然一把將我拉開，再推倒米粒，搶先著進入地道，誓死不願當殿後的人似的。

「喂！你們幹嘛！」地道裡傳來彤大姐氣急敗壞的聲音，接著是響亮的巴掌聲。米粒撞上牆，耳邊聽得土柱近在咫尺的隆隆撞擊聲，他趕緊朝我伸出手，一把將我拉起就往地道裡推。

當我們進入地道時，身後的入口竟然也砰的瞬間封住，形成一條死路。

「不——」我急忙的把米粒往前推，我不要他再一次死在我面前。如果真要被柱子壓死或封閉，由我來就好了。

「安！」米粒重心尚未持穩，就被我順利的一把往前推去。

然後我緊閉起雙眼。不知道自己是會被壓成肉泥，還是被關在中間活活餓死。

可是……我卻聽見那隆隆聲消失，外頭一片靜謐，而我身處的通道內沒有任何突出來的柱子，沒有任何詭異的機關，什麼也沒有。

緩緩睜開雙眼，我看見正常的地道，眼前擔憂不已的米粒，還有回頭找我們的炎亭及彤大姐。

「安！天……你們沒事吧！」彤大姐焦急的奔來，查看我們全身上下。

我們搖了搖頭，不太能理解發生了什麼事。

「這條路可以通到一個相當重要的地方。」炎亭往遠方看去，「是整個地道最重要的重心。」

「我聽不出來是好是壞。」

「是大教堂、聚會中心，所有在地底下生活的人最重要的場所。」炎亭冷冷一笑，「當初，他們說那是女巫的祭壇，便以巨石砸毀一切，放火焚燒。」

「你都想起來了？」我握住她的手，試圖給予一些安慰。

炎亭給我一個無奈的淺笑，她跟彤大姐分別盡可能的貼上兩邊的牆面，讓我看見跟在他們身後的人。

不是那兩個學生，而是兩個純度百分百的鬼魂。

一名女人年約四十餘歲，盤起的頭髮有點紊亂，身著粗布衣製成的衣裳，但是樣式比一般平民好看很多；另一名女孩一頭紅色的捲髮，滿臉雀斑，對我們施以燦爛的笑容。

她們維持完整的模樣現身，沒有頭身分家或是肚破腸流……我現在覺得鬼魂只要賞心悅目就好。

而且，我看過那個雀斑女孩。

「她們說要帶路。」炎亭指了指那兩個女鬼，她們還拉起裙襬，對我們行了個禮。

我跟米粒不知道該說什麼，只有瞠目結舌的相信炎亭，依循女鬼的指示往前走；而米粒回首瞥了我幾次，有點欲言又止，我知道他不高興。

「剛剛那種事，沒有下次。」他淡然的說著，正眼都不瞧我一眼。

「一人一次，互不相欠。」我可沒那麼好說話，「只是這一次我沒死成而已。」

他終於回過頭，帶著不悅的看著我。

在樹海時他沒經過我允許就為我而死，這一次算是打平了。

Bob 跟 Oscar 在前頭等我們，一見到女鬼就嚇得魂飛魄散，那兩個女鬼倒也沒給他們好臉色，直直穿過他們的身體，讓他們打了幾個寒顫。

漸漸的，我覺得女鬼的形體越來越清晰，簡直就快跟我們沒什麼兩樣了。

通往所謂的大教堂沒有很遠的路程，只是光線越來越昏暗，牆上的照明也越來越少，到最後都只能靠著快燃盡的火把支撐。

當抵達目的地時，所有人都嚇了一跳。

那是個相當寬闊的地方，而且挑高數公尺，這讓我不禁想到地道極有可能全是緩坡，逐漸往地底深處挖掘，一直匯集到這裡，已是地底數十公尺深，才能在這兒建造一個如同地面上一般的大教堂。

當然沒有上頭的華麗與彩繪玻璃，但是莊嚴神聖依然存在，巨大的十字架，聖母瑪利亞，大理石的神桌，只是可能該存在的木椅已不復在，僅剩下偌大的廣場。

彤大姐跟米粒將手上殘餘的火把點上教堂四周的火把上，讓一室通亮。

「炎亭……」我狐疑的站在教堂裡，「你剛不是說……當年教會放火燒了一切。」

「嗯。」炎亭肯定的點頭，她站在十字架前，蹙起眉望著。

「可是這裡不像是燒過的地方。」米粒食指滑過神壇，「連一絲灰塵都沒有。」

「有人在管理吧？說不定重建了呢。」彤大姐倒是抱持樂觀的看法，「我們一路走來，牆上不是都點有火把嗎？」

咦？說的也有道理。地下有人在管理，問題是……誰？我們走了這麼大圈，一個人也沒看見。

不過話說回來，我們身陷數百年前的冤鬼世界，說不定根本瞧不見人影。

「這就是巫術！」身後的傳來 Bob 暴怒的聲音，「這裡明明被聖火淨化了，怎麼可能還在。」

「連花都是新鮮的……」Oscar拿著相機在錄影似的，「天哪，他們說的是真的。」

「你們兩個在說什麼？」沒有人聽得懂，學生們激動的開始一大串快速的連音英文。

那兩個女鬼形體已與我們一樣，真實且不模糊，她們用一種詭異的眼神望著學生，眉頭深鎖，雙手均絞著衣裙，再往某條甬道口看去。

那裡忽然傳來高歌，冷不防走出更多的女人，前頭的人推著車子，上頭承載著一個巨大的木桶，悠然的往廣場中心走來。

她們的出現讓所有人心驚膽戰，米粒連忙把我拉到旁邊去，Bob跟Oscar連十字架都祭出來了，唯有炎亭掠過我們往前，饒富興味的看著這一切。

鬼魂們忙碌的架設桶子，一邊望著天花板一邊計算距離似的，我們不由得跟著往上看，卻赫然發現天花板頂竟然懸吊著一個異樣的東西。

沒有一個女鬼正眼瞧過我們，彷彿我們不存在似的，所以沒有殺機；她們均專注於自己手上的工作，幾個女人拉著繩子，把上頭的東西放下來，那是一個鐘形的鐵製品，直到它全部被放到地板上時，我們紛紛倒抽了一口氣。

那是赫赫有名的刑具——鐵處女！鐘形的鐵箱子，像是個人型棺材，內側各個地方都裝有可活動的鐵釘，改變釘刺的不同部位，以進行拷問。尤其是會引起劇烈疼痛的地方和近致命處的鐵釘是可活動的。

只要故意把這些地方的鐵釘稍稍向外拔了一點，這樣便可以延長受刑人的痛苦。

如果先把人關進去，再從外頭向裡面釘入長釘，就能把人的身體打出個洞，而且桶棺內的空間極其狹窄，便可以不斷地帶給人肉體和精神上的痛苦；刑具四面都有對開的門，但即使把所有的門都打開，受刑者也跑不掉。

而且鐵處女是垂直的，所以在裡頭的人完全是被釘入身體裡的鐵釘懸掛著……如果把四道門都關上，就聽不見裡頭的慘叫聲，可是施刑者總愛中途把門打開，因為這樣再關上時，鐵針就是會重複刺入傷口，受刑者直到死前，都活在極端的痛苦中。

這是多麼令人髮指的刑具。我看著忙碌中的女鬼，她們的身上幾乎都是……千瘡百孔。細微的孔洞分布在她們的全身上下，傷口泛著青紫色的腐爛痕跡。

Bob 站在大理石神壇上頭對她們大吼，女鬼們回頭冷冷一瞥，那眼神彷彿在說：等一下就輪到你了。

「嗚……」哭聲又自甬道傳來，幾個女人扛著一個哭泣的女人出來，女人沒有右手手肘以下的部分，鮮血直流，看來沒有什麼反抗能力。

「Rita！」Oscar 緊張的往下衝，隨即一把被 Bob 拉住，「My God！Rita！」

「Oscar！Oscar！」那真的是紅髮 Rita，她不是應該被困在秘道裡嗎？但她現在卻被拉出來，被這些女鬼擒獲，甚至正塞進桶棺裡——

我一直以為，剛剛地道裡的機關，是來自那些修士的鬼魂。

「她們想幹嘛？」我驚覺到事情不對勁，「要把 Rita 塞進鐵處女裡嗎？」

「怎麼看都是啊。」彤大姐趕緊繞到炎亭身邊，「你別看戲啊，快點阻止她們。」

炎亭看向彤大姐，再疑惑的看著我，「為什麼要？」

喔！這孩子怎麼到現在還不懂得仁慈跟同情呢？我只好轉向米粒，畢竟她們都是冤魂，總得想個好一點的方式去說說。

人家沒來惹我們，現在是我們要去犯她們。

「我只是覺得……」米粒卻很嚴肅的看著這一切，「她們不像是任意殺人的鬼眾。」

「咦？」我怔住了，米粒的意思難道是說……Rita 跟她們有過節？

問題是這些女鬼是六百年前的人，Rita 是個二十歲的青春大學生，過節在哪兒？難道他們四個人在地道探險時，觸犯了什麼嗎？

「救我！救我！」Rita 掙扎著，卻被那些女鬼硬生生推進桶棺裡，「我不是為此而來的，她們怎麼可以這樣！」

幾個女鬼不客氣的走向Bob跟Oscar，她們沒有進行任何動作，卻只是擋住他們，不讓他們阻止這一切。

有幾個女鬼瞥了我們一眼，然後衝著炎亭微笑。

那個笑是什麼意思？我無法理解這一切，我只知道有個活生生的女孩可能會被刑虐，這種事不該發生。

我握緊雙拳，鼓起勇氣決定上前「溝通」。

「安。」炎亭一個箭步上前的攔住我，「妳別礙事。」

「她們正要殺一個人。」我瞪大了眼睛，半責備的瞪著她。

炎亭噘起嘴，立刻鬆開手，「那妳試試吧。」

試試？我當然要試。我深吸了一口氣，大步再跨前，卻撞上了一堵透明的牆。

彤大姐趕過來想幫我，卻比我更慘的直接以額頭撞上，我們跟廣場中心竟築起一道透明牆，女鬼們早有防範。

「哇——」Rita慌亂的叫聲傳來，因為有個女鬼，正帶著微笑，狠狠的把第一道門用力關上。

長釘刺入Rita的身體裡，她尖叫起來，緊接著是第二道門，然後是第三道……最後那長滿雀斑的女孩優雅的走過去，手持數根長釘，對準了門上遺留下的小洞，不留情的釘入，一根接著一根。

Rita的慘叫聲在這圓拱形的廣場中迴盪，與Oscar跟Bob的叫聲重疊，兩個男生已經哭紅了眼，雙腿一軟的跪在階梯上頭。

鮮血從桶棺中流出，女鬼們迅速拉緊繩子，把鐵處女高高的懸吊上去；懸在木桶上方，原來那是她們打算盛裝血的容器，不讓鮮血污染這間教堂嗎？

Rita就在我們面前升上去了，紅寶石般的鮮血一滴滴落在中間的木桶裡，雀斑女孩帶著滿意的笑容站到一邊，Rita的哀鳴聲不停的傳來，幾乎已經語無倫次，而女鬼們仰首，觀看這血腥的處刑，她們每個人都泛出欣慰的笑容。

米粒大手按在我肩頭，他依然秉持不介入他人事端的原則，並且給予我安慰：我們都該知道，當一個厲鬼決意要傷人時，幾乎是無法阻止的。

至於為什麼找Rita下手……我一直以為秘道裡的土柱是獵殺女巫的人做的，結果竟然是這些被殺的女巫？

為什麼選學生？為什麼！

我凝視著那個雀斑的女孩，她也回望我；我彷彿在哪兒看過她……在哪裡呢？她是存在於這裡的鬼魂，我不該看過……還是在城裡的圖畫裡？或是——

咦？我倒抽一口氣，在夢裡！

我喝了摻有安眠藥的酒昏睡後，就作了個奇怪的夢。夢裡的我在穀倉中等待，而那個奔進來的女孩子就是她，那個叫我快點逃，說我的愛人不會出現的女孩，她叫做——

「Rose？」我失聲喊了出來，一瞬間，所有視線都往我這兒來。

Rose愣了一下，她圓睜的雙眸裡竟流下淚水，拚命的點頭後便開口說話；可是我聽不見她的聲音，她張開的嘴像是無聲機一樣，一點點聲音也沒發出。

「妳為什麼知道她的名字？」炎亭煞有其事的皺起眉頭，「安，妳不可能知道她的。」

「我胡猜的……因為我夢見過她。」我簡單的說了一遍夢境，「然後我就被Alicia……是被你叫醒了。」

炎亭露出一臉無法置信的樣子，還帶著一種荒唐的訝異，彷彿那是不該、也不能發生的事。

「安夢見那女生會怎樣嗎？」連彤大姐也覺得莫名其妙了。

「那是我前前世的記憶。」炎亭似笑非笑，「安，妳可以看得見我的前前世？」

咦？那不是一場夢嗎？結果是炎亭的……炎亭的前前世？我不明所以的看向米粒，我不知道，對我而言那真的僅僅只是一場夢。

「我以為是作夢，我就站在那裡等人，我不知道是你的……」我頓了頓，「哇，妳那時在等人。」

「傻女孩，在等一個根本不會來的人。」炎亭一臉無所謂的樣子，逕自在場內繞著，「我的遺骨在哪裡……妳們知道嗎？」

她向兩個女鬼問著，她們不約而同的搖頭，卻同時又用一種哀憐的眼神瞧著她。

我則暗自回想，如果那真的是炎亭的前前世，當時的她，竟然也叫 Alicia。

「喂，你們兩個在幹嘛！」彤大姐忽然咆哮起來，「亂弄什麼東西！」

往她吼的方向看過去，還掛著淚的 Oscar 跟 Bob 不知道在忙些什麼，拚命的拿出身上的礦泉水亂潑亂灑，Bob 則是不客氣的把神壇上的東西掃掉，換上另一個黝黑的十字架。

『阻止……阻止他們！』啊，那聲音又來了。

明知道那是直接傳進大腦的聲音，我還是摀起耳朵，我發現 Rose 她們正恐懼的大叫著，兩個人抱在一起，迅速的消失。炎亭也跟我聽見一樣的聲音，她直接衝過去，打掉 Oscar 手上的水瓶。

「這是什麼？」炎亭踩在一攤水上，橫眉豎目的瞪著他。

Oscar 不客氣的推了她一把，手裡拿出十字珠鍊，還有一本小巧的聖經：「不許靠近我，該死的女巫。」

十字架，聖經，這在許多外國人身上是隨處可見的東西，平時根本不需要訝異。但問題是當那群看起來惶惶不安的英國學生用標準的中文，對著炎亭喊女巫時，一切就變得很驚人了。

「現在這是我們的聖殿了，與惡魔締結契約的女巫要公開審判。」Bob 一臉正經嚴肅的跪在黑色的十字架前，開始默禱。

我們所有人瞠目結舌的站在原地，看著那兩名大學生莫名其妙的轉變，以及他們會說中文……表示他們從一開始就在裝傻，假裝聽不懂我們的語言，假裝靠近我們，假裝接近 Alicia。

緊接著一波波的人潮開始在所謂聖殿裡湧現，一個名叫愛德華的修士，那群死透腐朽的鎮民，來自中古歐洲的靈魂全部聚集在一堂，圍繞在我們身邊。

一股力道猛然拉住我，兩個腐爛的大漢不知從何出現，各自架著我一邊的手肘，直直往前拖去。

「安——」米粒及時抓住我的手腕，但卻被其他鬼魂制住，不得不鬆開手。

另一邊的人也蜂擁而上的抓住炎亭，她歇斯底里的扭動，狂暴的掙扎，我們卻還是被綁縛四肢，並被好幾個鬼魂抬上肩頭，往大理石的桌壇前去。

「我不是女巫，放開我！」我不放棄掙扎，可是那群鬼魂扣得我好緊好緊。

我朝著米粒那兒望過去，他跟彤大姐都被擋著，可是、可是沒有人把他們綁起來，架上肩，甚至抬著走？

所以，並不是所有在這裡遊走的都是女巫嗎？他們有針對特定人選？

「我為什麼是女巫？」我立即搜尋 Bob 的方向，「憑什麼指控我！」

「擁有陰陽眼的安蔚甯，妳敢否認嗎？」Bob 字正腔圓又正確無誤的唸出我的名字，「妳在泰國時親手殺死公司同事，在香港時把幾個同事帶進地獄的市集裡，前年在巴東海灘召喚海嘯的亡者在人界作亂，去年在青木原樹海殘殺了數名大學生，妳不認罪？」

我認什麼？我訝異的是為什麼會知道我過去發生的所有事情？簡直如數家珍，知道得鉅細靡遺……他只是把失蹤與死亡的人算到我頭上而已。

我們被綁上不知哪兒運來的長梯，接著直矗而起，很難得這麼高高在上，卻是如此狼狽。

「甚至還勾結可怕的魔鬼……」Oscar 來到長梯下，「一具邪惡的乾嬰屍，啊，叫炎亭是嗎？連附身都選擇同類女巫的身上啊。」

我遠眺著米粒，這太離奇了。為什麼這兩名英國學生會知道這麼多事？而且他們甚至知道炎亭是乾嬰屍，我有陰陽眼……可是同樣具有陰陽眼的米粒卻沒有被當成巫漢。

至於完全沒有感應能力的彤大姐就真的被排除在外，她在那兒叫囂，跟鬼魂們扭打，卻徒勞無功。

「妳認罪嗎？安。」Bob 用一種喜不自勝的笑容回到我面前，但他問話的語氣並不希望我認罪。

或許因為他們對施以酷刑非常的熱衷，只要我不認罪，就可以慢慢的折磨我。

「你要不要先解釋一下，你們另外兩個夥伴是怎麼死的？」我冷冷的睨著他，

「如果她們也是女巫，那你們不就是同夥嗎？」

「閉嘴！Cindy 跟 Rita 是為了崇高的理想而死的，她們是被這裡的邪惡鬼魂殺害的。」Oscar 暴跳如雷。「這裡殘存的女巫鬼魂，聯手把她們殺了。」

「最好是。」我才不信這一套，向左看向炎亭，她太安靜了。

她正遠遠望著某條小徑路口，顯得有點懷念又有點激動，一票未安息的靈魂們跟著學生跪下祈禱，它們正在祈求上帝給它們力量，以便能領取神聖的使命，對付我們這兩個女巫。

遠遠的，我聽見了清楚的足音。

一聲兩聲，那是扎實的聲音，從某條地道中而來——我們都聽過那熟悉的足音。

「這裡……」來人狀似詫異的環顧四周，「是怎麼回事？」

白天見過面的神父就站在地道出口，直盯盯對上 Bob 的雙眼。

「他們瘋了，想要殺掉我們。」彤大姐抓緊機會立刻跟神父求救，「快點救安她們。」

「不！神父！」Bob 立刻上前，用英文低聲的跟他交談。

神父不可思議的看著所有也望著他的鬼魂，老實說，這些鬼魂們的姿態並不好看，它們不像是老死的，多數像是病死的；每個人都擁有可怕的病容，有著爛瘡，我這才注意到，為什麼這批屠殺女巫的村民或是鎮上民眾，靈魂會集體聚集？而且看來都非壽終正寢。

「原來你們都處理好了啦。」神父竟揚起微笑，「那好，我們可以繼續了。」咦？我們眼睜睜看著神父聽從Bob的意見，不！該說是他們應該早就是一夥的吧？他對著地道那方吆喝，緊接著走出幾個神職人員，他們每個人都捧著神聖的物品，第一位是聖杯，第二位是耶穌像，第三位捧著一把尖銳雪白的匕首，第四位……捧著炎亭。

黑色的絨墊上躺著扭曲的木乃伊乾屍，那是炎亭。

「啊……」我身邊的人倒抽了一口氣，全身開始顫抖。

「炎亭，你的身體在那裡，快回去。」我大喊著，她翻白眼，看起來快痙攣了。

「被封住了，我的身體被某種東西封住了。」炎亭忽地朝著我睜大雙眼，她的眼睛成了全黑色，像個深深的窟窿，「我回不去——幫我把封印拿下來。」

大家都聽見了。但是米粒被鬼魂架住雙手，連拿任何法器都沒有辦法，彤大姐被拖到角落，我則被綁在長梯上，誰有辦法動彈？

說不定再過幾秒，我就會慘死在那把匕首之下了。

我才這麼想，就真的被拉下長梯，好整以暇的往那大理石的壇上置放，四肢換了種方式綁縛，但依然無法動彈。

「太誇張了，你們真的太迷信了。」我聲嘶力竭的大吼著。

Bob 微微笑著，聖徒捧著雪白的匕首來到他身邊。

「如果一個被告在審問時顯得害怕，那麼她顯然是有罪的，因為良心使她露出馬腳。如果她相信自己無罪，保持鎮靜，那麼她無疑是有罪的，因為女巫們習慣恬不知恥的撒謊。如果她對提出的控告辯白，這證明她有罪；如果她對於誣告感到極端可怕而恐懼絕望、垂頭喪氣，或是緘默不語，這更是她有罪的直接證據。」

「這是怎樣？我無論如何都有罪嗎？」簡直是荒謬。

「這是一六三一年，一位偉大的教士在審問過幾百名女巫之後所得出來的重要結論。」Bob 挑了挑眉，「我信奉的組織一直讓我們追查隱藏在所謂科技時代中的女巫，我們找到了妳，更幸運的找到了它。」

他的眼尾一瞟，我狐疑的往我的左邊看去，炎亭的嬰屍就放置在我身邊。

「史上最可怕的女巫，就算當年及時殺了她，還是免不了一場浩劫。」愛德華修士感嘆的望向綁在長梯上的炎亭，「我們那時就展開了預防措施，早知道妳會轉世，再次為世界帶來災難……」

『離開！』

我顫了一下身子，那個聲音又來了！

我瞪大了眼睛看著石砌的天花板，Bob再一次細述我的罪名，我看見他拿起那雪白的匕首……一體成形的匕首相當的美，彷彿鐘乳石般，上頭還閃耀著珍珠光澤；我也聽見米粒的嘶吼聲，有人打了他，他悶哼了一聲。

可是佔據我思想大部分的，卻還是那個女孩子的聲音——六百年前的Alicia。

『想著米粒，想著掙脫，妳就可以離開的。』那聲音清清楚楚的指示，『快一點！』

怎麼可能！我又不是炎亭，一個靈魂可以四處依憑？

『當然可以。』那聲音嚴厲的駁斥我的想法，『因為妳現在就只是一個靈魂！』

咦？她在說什麼？

「安，我再問妳最後一個問題。」神父的臉湊到我面前，「妳相信有撒旦嗎？」

我不要回答，依照十七世紀那位偉大的教士結論，反正不管怎麼樣我都有罪！

我只想知道，為什麼 Alicia 說我現在只是一個靈魂？

『因為你們都不是一個個體，安，現在你們都只有魂魄！』Alicia 的聲音變得焦躁，『妳想做什麼，就能做什麼——』

電光石火間，我重重的摔上了地，在摔上地之前，我壓斷了兩個人的頸子……嚴格說起來他們早就死了，我只是剛好降落在他們頭上而已。

我枕著頭顱被我壓爛的鬼魂，望著瞠目結舌的愛人。

「這是怎麼回事！」我身後十公尺的牆上，傳來 Bob 的怒吼聲，「抓住他們！」

「安？」米粒不可思議的看著我，我再一次進行了移形換影。

「我們……不是實體。」我望著自己的手，應該潔白的雙手上，此時卻突然冒出了黑色的痕跡，還有像灼傷一樣的傷痕。

啊啊啊……我知道了！

我們誰也沒有在那場大火中逃離，炎亭喚醒的是我們的靈魂，並不是我們的身體。

我們並非進入了盈滿鬼魂的世界，而是我們本身就不是人！

第七章・女巫的復仇

當米粒握住我的手時，瞬間明白了我的心思，我們一同來到彤大姐身邊，下一秒我們就身在某個地道裡的石室中，四周沒有獵殺女巫的鬼魂，沒有神父，沒有祭壇。

可是也沒有炎亭。

「哇，你們怎麼辦到的？」彤大姐還丈二金剛摸不著頭腦，頭暈目眩的。

我跟米粒相互凝視，他緊皺起眉頭望著自己的手，我則撫上他有些焦黑的臉龐，他燒傷了臉。

「我們死了嗎？」他嘆口氣，「可是我感受不到死亡的輕鬆，跟在樹海時不一樣。」

「可能還沒，我們應該只是昏迷。」這下子，就能解釋為什麼 Rose 的靈魂看起來會如此真實了。「Rose？」

餘音未落，我發現她就站在我身邊。

不只是她，很多女人都擠在這狹小的石室內，我無法一一述說她們的慘狀，離我最近的女人就是慘遭鐵處女殺死的，她全身上下都是洞；而我也認出在大主教教堂內，擁有死白肌膚還滴著水的女人是被開水活活煮死的，還有人腫脹腐爛，她是活活淹死的。

「大家都是靈體，可以好看一點嗎？」我覺得有些慘不忍睹，便請她們恢復成原來的樣子。

雖然以死亡時的姿態出現是為了不讓自己忘記遭到虐殺的恨，但著實沒有必要。那是歷史上的一個錯誤，教廷的一個重大錯誤，如同視科學為惡魔的事件一樣，雖然他們至今仍不承認這樣的錯，但向誰追討也都無濟於事。

宗教的地位始終屹立不搖，他們不需要向誰承認罪惡。

「這是怎麼回事？」彤大姐不明所以，但是她聽見我說的話了，「大家都是靈體？」

「我們不是人，彤大姐。」我輕聲的跟她解釋，「我們沒有從火場裡逃出來。」她瞪圓美眸，彷彿我在說的是個笑話似的。

「我們都是靈體，所以可以任自來去，我可以在甬道中掙開手銬來到米粒面前，我也能從祭壇上來到你們身邊，還可以立刻到陌生的地方。」我緊握住她的雙手，「但我想我們還沒死，千萬別激動。」

彤大姐抽了口氣，她顯得相當緊張，開始拚命換氣似的急促呼吸，緊接著她的頭髮開始冒出黑煙、傳出焦味……

「彤大姐，別這樣！」我搖著她，「我們不會有事的，妳別去想火場裡的事，暫時不要回到身體裡。」

「我——」她疑惑的望著我，「才不要回到身體裡咧！」

呃？

「好啊，原來大家都是鬼嘛！早說嘛！」她一臉喜出望外的模樣，開始挽起袖子，「我現在不需要傳家之寶，愛怎麼海扁那些鬼就怎麼海扁那些鬼對吧！」

「……對，對極了。」米粒笑著接口，「現在比當人的時候無敵很多。」

「正翻了。」她瞬間恢復成美豔的模樣，還替自己換了件比較好活動的衣服，「所以現在有什麼好主意？別忘了死小孩還在那邊！」

「炎亭的嬰屍被封印住了，它回不去身體裡，我們得再回去把封印拆開。」我轉向 Rose，「妳們呢？有什麼話要跟我說嗎？」

『請解放 Alicia……讓大家都能自由。』Rose 淚流滿面，我終於聽得見她說話了，『人類的部分，我們會處理。』

「處理的意思是……像 Rita 一樣的殺掉他們嗎？」

女人們露出不以為然的神情，『他們可以這樣殺掉我們，為什麼我們不行？』

『我被酷刑折磨到只剩半條命，招認了荒唐的罪狀，他們還是把我燒死了！』

『我被沉入河底時，我的愛人還在笑啊！』

一人一句，強大的怨氣頓時襲來，我可以感受到力量的增幅，這群女人擁有捕捉活人並且殘殺他們的力量，源自於強大的憎恨。

「他們好像擁有聖水，我知道妳們不是女巫，但妳們是鬼。」米粒理智的分析，「不管如何，神的法器總是能傷到妳們。」

『我們不會，被傷到即使會痛也不會消散，因為我們有 Alicia 的保護。』Rose 堅定的說著，『但是已經夠了！我們知道外面已經過了幾百年了，大家已經厭倦了，我們只想要去我們該去的地方。』

「那就離開啊？」彤大姊不懂，「這裡有被鎮壓嗎？」

『不，只要 Alicia 存在的一天，我們就不能走。』Rose 面有難色，『當年獵殺女巫的幾百年間，這整個馬拉加的死靈都無法離開……Alicia 生前守護我們，死後也是，她臨死前下了詛咒，並且結合了強大的怨氣，才能支撐到現在。』

「Alicia還在這裡……」我仰頭呼喚，「請現身吧，我知道妳在這裡！」

『她不行……她真的被封住了！可是我們知道她的本體回來了，拜託你們解放我們！』

是啊，她的本體就是小夏，是炎亭。

啊啊，所以抵達馬拉加後，教堂裡求救的女人們不是對著我，而是對著我背包裡的炎亭在求救！在希伯法洛城遇上的冤魂握住我的腿，也是對著炎亭呼救，並不是對我！

我可以聽懂她們說的話，是因為我擁有炎亭！

『啊——』有女人驚恐的叫著，『糟了！你們快去！』

炎亭出事了嗎？但我們還沒有想好對策，對方一定會嚴守著嬰屍，要怎麼樣逼近他們？或許以前我對鬼魂沒客氣過，但現在身為半個鬼魂，我可不期待被聖水燒到或是銷融啊。

說時遲那時快，彤大姐啪的就不見了！

「彤大——噢！她性子怎麼那麼急！」我氣急敗壞的喊著。

「妳第一天認識她嗎？」米粒也一臉無奈。

我們一點都不希望彤大姐出事，便牽起手，閉上眼隨心所想，找了一個最安全的地方。

其實靈體相當方便，我可以看見許多歷史的訊息，這裡有的是泉湧不止的思念，我一一讀取；多半是恐懼與悲傷，唯一正向的平衡感，來自當初那個叫做 Alicia 的女孩，小夏的第一次轉世。

她是個從小就具有特別能力的女孩，可以為家人尋找失物，可以看得見死神降臨，預測死亡；小小的村子裡把她當成小神童，但是隨著獵殺女巫的風潮盛行，他們開始試著保護她。

只是人心叵測，當高官厚祿擺在眼前時，許多人便蠢蠢欲動……只要告發幾個女巫，就能擁有大筆的賞金。

Rose 是領主的女兒，跟 Alicia 是最好的朋友，她們常玩在一起，有著相同的喜好、興趣，還有一樣的男人品味。

她們同時喜歡上一個男孩，而那個男孩喜歡 Alicia。

心胸寬大的 Rose 在哭過幾個晚上後，正式祝福互相喜愛的兩人，但是男孩的父母親並不認為兒子喜歡一個隨時可能被燒死的女巫是件好事；他們說好要私奔，但是到了約定時間，男孩沒有出現。

他被關在家裡，父母向教會舉發 Alicia 是最可怕的女巫，她折磨村民，她挖墳食屍，她放火燒死好多人，村裡流產的孕婦都是她的傑作，因為她吃了嬰兒。

Alicia 逃到這個地下通道，她一向比誰都照顧躲在這裡的通緝女巫，一直到逃無可逃為止。

她在死前高聲的下了詛咒，我看見過去的 Alicia，臨死前殺死了珍愛的貓，喃喃唸著英語，村民們以為是即時割斷她的咽喉才阻止詛咒完成，但是歐洲及馬拉加其後慘遭的浩劫卻沒有證實這項說法。

淚水自我眼角滑下，小夏的轉世沒有比前世的我幸運太多，我並沒有詛咒小夏，或許這是冥冥之中，上蒼給她的報應吧？

我跟米粒再度睜眼時，正安穩的坐在聖殿高大十字架的一側，俯瞰著樓下的一切。

我們毋需擔心十字架，因為我們不是厲鬼，但是那個聖水就很難說了，所以我們選擇高處的安全地點——彤大姐呢？

炎亭被綁在祭壇上了，她渴望的看著近在咫尺的嬰屍，卻怎麼樣都回不去。

鎮上的鬼魂依然存在，那個愛德華修士就站在大理石邊，直勾勾的瞪著炎亭瞧。

『要怎麼做，才能把妳送回地獄！』它皺著眉，納悶不已。

「我會先送你回地獄的，啡啡啡……」炎亭乾笑著，眼裡盡是殺意。

『請讓我動手啊……讓我親自殺了她！』愛德華修士突然轉向神父乞求，『我當年犯的錯，請讓我彌補。』

當年？犯什麼錯？當初殺死Alicia的又不是他！

我輕聲跟米粒述說進入我腦中的歷史，描述著前兩世的炎亭是如何的含冤而亡，他聽完嘴角一抹淺笑，說他知道所謂的詛咒與浩劫是什麼了。

「是什麼？」我心急的問著。

『誰！』

大概聲音太大了，引起了愛德華修士的注意，也或許同是靈體，所以它比誰都先注意到我們。

『天哪——你們竟然褻瀆上帝！』它失控的大喊著。『下來！』

所有人視線都轉向我們，我跟米粒沒有衝動的下去，誰曉得下頭有什麼會傷害我們的東西。

「安！」炎亭在下頭高聲呼喚。

「果然是女巫，竟然能做到這種地步！」Bob不可思議的看著我們，他還搞不清楚我並不是人類。「一定要用火燒死她！一定要徹底淨化！」

「那就試試看吧。」米粒淡然一笑，「淑女們，接下來拜託妳們了。」

各個甬道即刻湧進大批的女人，比我們剛剛見到的還要龐大，我看著那數量卻不由得悲從中來，從少女到老婦，因為莫須有的理由被殘殺，為數竟如此可觀。

我的前世是以巫女的身分養成的，卻是極受尊重與愛戴，因為我是當地的守護神，過著錦衣玉食的生活，出入都有民眾跪地三里相迎；易地處之，我可能是第一個被送上火刑台的人。

在歐洲的標準，我絕對能列入女巫之列，幸好我當年身在日本；比起來，小夏的轉世真的比我悽慘太多。

聖殿裡亂成一團，驚恐的村民遺魂們對湧進的女人們感到措手不及，那本該已經死亡的女巫，為什麼現在又會出現在它們面前？對那些至死依然執迷不悟的人而言，只是加深它們對女巫的相信：惡魔使女巫復活之類的吧。

鬼魂們正拚命的相互傷害，刺傷、割傷，男人們無所不用其極的傷害女人，而這些女人帶著恨意的加倍反撲。

一場屠殺延續到六百年後，成了更加慘烈的自相殘殺。有好多女孩被聖水及防禦性的聖物傷著，雖然很殘忍，但至少讓我跟米粒瞭解哪兒是不能碰的；甚至有人以身體覆上聖物，為了徹底破壞，因為她們的靈魂不滅。

我跟米粒緊握著手，原本要直接降到綁著炎亭的大理石壇上，但卻被彈開。那裡有什麼東西在守護，所以只好移到廣場上頭。

米粒冷不防的由後揪住Oscar的衣領，不客氣的正面給了兩拳，旋即扔進女人鬼魂中；而Bob則眼明手快的跳到祭壇上，以嬰屍與炎亭做為要脅。

「住手！我以天主的名義——」Oscar還在吶喊，女人們彷彿等待已久似的，將他的雙腳綁住，頭下腳上的倒吊起來。「妳們這些邪惡之徒，應該要——」

『你相信有撒旦嗎？』Rose拿著一把鋸子，站到了Oscar面前，問了我曾被問到的問題。

身為現代獵殺女巫的代表者，他很容易激怒枉死的怨靈。

我訝異的是，我身邊早就有人潛伏嗎？不但瞭解我的一切，甚至還跟到西班牙來。

「我、我……」Oscar一時啞口無言，他跟鐘擺一樣，拚命的扭動及晃蕩。「我相信！聖經說過，撒旦是存在的！」

『那你是巫漢，與惡魔締結契約的人，有罪！』Rose高舉起鋸子，眾人歡呼，然後她把鋸子停放在Oscar的肚子上面。

我倒抽一口氣，回過身想阻止她們。

「安！」米粒拉住了我，「別去。」

「為什麼？她們是鬼，是活人……她們不該這麼做。」

「妳數百年前沒有阻止過她們的死亡，現在意圖阻止獵殺女巫者的死亡嗎？」

米粒使勁將我扯回身邊，「來到這裡是他自己的選擇，深入女巫陰魂不散之處也是他的選擇，外人不需要干預他們的私仇。」

「可是……」我聽見Oscar的慘叫，鋸下了第一刀，「可是當年殺害她們的不是Oscar啊。」

「一樣的。」米粒沉穩的望著我，「如果今天妳是人，剛剛妳已經死在這祭壇上了。」

米粒的話驚醒了我。

是啊，剛剛如果不是Alicia的魂魄告訴我並非人類，若不是我真的只是個靈體，我早就被那雪白的匕首刺穿身體的某個部分，以女巫之名定罪身亡了。

「啊啊啊——」被倒吊著的Oscar發出淒厲的叫聲，Rose鋸開他的腹部，那裡沒有骨頭，輕而易舉。

Oscar的臟器全滾了出來，垂掛在身體之外，紅血自腹部倒流到他的身軀與頭部，Rose並沒有全身鋸斷他的身子，而是讓他苟延殘喘；因為倒吊時血液大部分都停在腦部，所以鋸開腹部時，並不會造成即時的失血過多，他也就不會那麼快死。

我不恨Oscar，我或許有些不諒解，但我跟他們之間沒有深仇大恨；雖然沒有，但是他們卻想以女巫之名置我於死地，置現在這個Alicia少女於死地，讓炎亭剉骨揚灰。

即使如此，我還是不恨他，因為我並沒有受到傷害。

可是我也不喜歡他，面對一個意圖殺我的人，我想並不需要以德報怨。

「安——」炎亭的聲音再度傳來，「妳在發什麼呆！」

我驀然回首，跟米粒想要跨越卻過不去，他們在祭壇前的以聖水畫出了一條界線，地上還擺了許多蠟燭，我們打從心底感到畏懼。

這就是身為靈體的恐懼嗎？

『懺悔吧！』愛德華修士靈體站在 Alicia 面前，舉起那把匕首。

「愛德華修士！你要殺的是女巫吧？或許靈魂是女巫，但這個身體是個無辜的少女，你不能濫殺無辜。」米粒即時提出了疑慮，希望愛德華修士能思考。

『不，這個身體的主人原本就是女巫，她身上早有女巫的烙印！』愛德華修士指向 Alicia 手臂上的印記，『我可以一併毀掉兩個女巫，這是主給我的使命！』

「你已經死了你知道嗎？你死了幾百年了！」我忍無可忍的吼了起來，「都已經是個鬼魂了，還想要殺害人，殺害那些你明明知道不是女巫的女人！」

『她們是！她們明明就是——你們都被邪惡蒙蔽了雙眼，看不清真偽了！』愛德華修士猛然回身，壓住 Alicia 胸口，『回到地獄去懺悔吧！』

「炎亭——」我激動的往前衝，聖水圍成的牆徹底的傷到了我，在我靈體的手上劃出一道深可見骨的刀痕。

「安！天——」米粒將我拽回，我們雙雙跌落在地，只能眼睜睜的看著那白色削尖的匕首，狠狠的刺入 Alicia 的胸口。

「你才滾去地獄懺悔咧！」

同一時間，從天而降一個熟悉的人影。

彤大姐一腳踹開唸著祝禱文的 Bob，伸長手想阻止匕首的刺入，但卻慢了一步——匕首刺進 Alicia 的心臟，Alicia 尖聲喊出，瞪大了眼睛看著身邊的嬰屍……

「封印！彤大姐！」我的手止不住血，明明是靈體，為什麼會流血……好痛喔。

而且彤大姐為什麼能進去？

彤大姐立刻低首，扯斷嬰屍身上的十字珠鍊，愛德華修士見狀立刻拿起燭台想往彤大姐額上敲去，試圖阻止這一切——它打算殺死 Alicia 以及炎亭的靈魂，甚至不讓它有逃躲的地方。

「哇呀哎呀！」彤大姐閃過燭台，結果重心不穩的跌下桌子。

『不不！』愛德華修士一把抽起染滿血的匕首，緊張的要往嬰屍上戳去。

只是這一刀下去，卻被乾枯的手給擋下了。

我熟悉的乾嬰屍坐了起來，幼小如骨般的手輕鬆自若的擋下那把匕首的尖端，猙獰的看向愛德華修士。

『該還給我了吧？』它露出喜不自勝的笑容，以利甲劃過愛德華修士的雙眼，一把奪下染上紅血的匕首。

身後的哀鳴聲漸漸趨微，Rose 冷不防的來到我們身邊，將一團內臟扔上聖水的界線處，我瞧見一瞬間的黑暗染黑了聖水，像是被污染一般。

『不要以為自己是鬼魂，就進得去，你們只是生靈而已，心可以駕馭一切。』她從容的笑著，臉上濺滿鮮血，『你們的朋友就是個好模範。』

不要以為自己是鬼魂……天，我跟米粒尷尬的對望，我們好像真的把自己當鬼了。哎呀！我們是生靈，還沒死呢。

現下不管聖水有無效用，我們都順利的跨了過去，爬起身的愛德華修士雙眼已然血肉模糊，卻依然奮不顧身的撲向炎亭。

彤大姐早就跳起身去追逃跑的 Bob，米粒則是上前阻止蠢蠢欲動的神父，我不擔心炎亭，而是直接衝向祭壇，看著瞪大雙眼的少女，血花綻開在她胸口，錐形的大洞裡泉湧而出，Alicia 已然沒有氣息。

我為她闔上雙眼，無數個對不起也無法挽回她的生命。

「炎亭，住手！」米粒拎著炎亭的身子，把它從愛德華修士身上拉下來，「不許殺生！」

『啡——你瘋了嗎？這傢伙是鬼魂，它想殺我！它從以前就想殺我！』炎亭揮舞著匕首，拚命扭動，『笨女人傻女人，愛上這種混蛋，我是要幫我前前世彌補天殺的錯誤好嗎！』

什麼？我聽見了它的弦外之音！前前世的 Alicia 愛上……啊，我們不可思議的望向愛德華修士，他就是那個 Alicia 跟 Rose 同時愛上的人？

所以他才會熟悉地下通道，因為他是她的愛人啊！

「我認真覺得你前世還不差。」我由衷的跟米粒說，至少板垣愛著我。

『我沒愛過誰！我是被女巫蒙蔽了！』愛德華修士如同辯解般的怒吼著，下一秒，忽然看向了我，『我要消滅世上所有的女巫——』

電光石火間，就朝我衝了過來。

有沒有搞錯！現在為什麼又移到我身上了？我知道人類殺靈體可能沒什麼用，但——如果是靈體殺靈體呢？我的靈魂都會被聖水所傷，難保靈魂不會受到傷害啊！

我可不想變成一個受傷的靈魂，再回到自己身體裡。

我輕巧的跳上祭壇，閃過了它的第一波攻擊，但是愛德華修士的動作好快，而我是個「新手」，根本不懂得如何順利的操作這樣的靈體！

它拿著手上的十字架，尖端竟也是把迷你匕首，瞬間由後扯住了我的頭髮，將我的頸項向後拉扯，直接往喉嚨割來。

「快去！」米粒扔出手上的炎亭，它瞬間踩上我的臉，揮舞著白色的匕首往愛德華修士的天靈蓋而去。

「不准殺人——」我只記得，我對炎亭喊出這麼一句話……

然後我看見銀晃的刀尖，直抵炎亭的眉心。

天哪！我是餌！我是誘惑炎亭過來解救的餌，這樣愛德華修士才能如此近距離的刺殺它——這是我的錯！

抓著我頭髮的力道鬆了，我雙眼淌滿淚水，看著上方的炎亭，它依然雙手緊握著匕首做刺殺狀，但是沒有動靜。

我一得到自由就抓下炎亭，緊張的檢查它身上有沒有傷，確定沒有之後，將它抱了個滿懷。

『安、安……』炎亭虛弱的喊叫著，『我會碎掉、會碎掉！』

「噢，對不起！」我趕緊鬆開手，它神情複雜的喬喬頭骨，眼珠子轉向我身後。

三隻尖叉從愛德華修士的胸口刺出，它無法呼吸般的喘息著，在它身後是手握尖叉鐵柄的 Rose，她忿忿的瞪著它，使勁再用力一推，讓尖叉刺穿更深。

她與 Alicia 的共同愛人，最後卻成了殘殺女巫的教士。

或許是因為 Alicia 被指為女巫，而與她交往的他被指為巫漢，為了洗刷罪名，他舉發了所有躲藏的女巫，成了獵殺女巫的最佳代言者。

「妳也被列為女巫而死嗎？」我不禁問 Rose。

『是他舉發我的，我在拷打時就死了。』Rose 將鐵叉往一旁扔去，我可以看見愛德華修士的靈魂正開始支離破碎。

幸好我有跑，靈體果然能傷害靈體。

米粒摟過我，我則抱著炎亭，我聽見它鬆了一大口氣，也看見它身上與神父扭打的傷痕。

村民的鬼魂一一被忿忿不平的女人制伏，她們用盡各種手法殘虐它們的靈魂，其實人類都一樣，總是能想盡方式折磨彼此。

勢單力薄的神父眼見情勢不對，卻沒有如同 Bob 的竄逃，而是呆然的走近我們，雙眼一瞬不瞬的凝視著炎亭。

「你該殺了愛德華修士，或是殺死任何一個人。」神父忽然哀號起來，「我們派了四個人過來，你一個人都沒有殺？」

沒有人聽得懂神父在說些什麼，但是他的話非常奇怪。

「至少也該殺死這個女孩啊！」他幾近歇斯底里般的指著已斷氣的 Alicia，「你應該殺掉她，你現在這麼強大，這點事情根本奈何不了你！」

炎亭尖長的指甲互磨，發出尖銳的聲音，仰頭瞥了我一眼，『安說不准殺生。』它口吻裡帶著撒嬌，哼的一聲，回身貼上我胸前，像孩子般抱著我。

「不——」神父如世界末日般的哀號，他衝到神壇前，竟拿起蠟油往自己身上澆淋。

米粒衝過去打掉他的蠟燭，可是他卻已經將另一根蠟燭扔地，火勢瞬間就爆發開來，火舌竄上了他的身體。

「德國……柏林！」他沐浴在豔紅的大火裡，指著炎亭說著，「你的下一世，在柏林等著你。」

咦？這個神父——知道炎亭的前世今生？

大火在十字架前開始延燒，這讓當年被火刑處死的鬼魂們哀鴻遍野，她們懼怕那樣的火燄，村民的鬼魂也跟著四處逃散，一瞬間幾乎所有的鬼魂都逃之夭夭了。

「我們該走了。」米粒皺著眉頭，「能直接回去身體嗎？還是……」

「彤大姐呢？」我們可還沒見到她呢。

『回教堂去吧。』懷裡的炎亭說著，『地面上的小教堂。』

我跟米粒對看一眼，心裡描繪著那小教堂的樣子，神父慘烈的尖叫，倒吊的Oscar死不瞑目，懸吊在空的鐵處女依然在滴血，這個地下通道說不定就此關閉，剩下的就是解放所有靈魂。

熱度忽然消失，我們雙腳踏上平坦的地面，睜眼時果真身在教堂裡，而這裡正在上演可怕的追逐戰。

「你書都唸到哪裡去了？殺女巫？頭燒壞了嗎？」彤大姐抓著教堂裡的東西，不客氣的扔向躲藏在座椅間，偶爾竄出頭來的Bob。

「這是神聖的使命，我們是被選出來的人！」座椅間的Bob壓低身子奔跑，彤大姐則守在教堂門口，不讓他逃離。

被選出來的人……我想到神父自焚前的話，他特地派了四個人來……讓炎亭殺害？這就是神聖的使命？

逼炎亭殺生是為了什麼？為什麼又說「至少」它該殺掉Alicia？

可憐的Alicia還是死了，才十四歲的少女為了炎亭而死，或許在我們抵達馬拉加前她就已被視為女巫，但她該享有更美好的生命。

「米粒，你們沒事啦。」彤大姐終於瞧見我們了，「幫我把那混蛋抓住。」米粒扯扯嘴角，瞬間就來到 Bob 身後，輕而易舉的架住了他。

「彤大姐，我們現在不是人，妳是在傻什麼？」米粒無奈的把 Bob 拖到前頭，彤大姐一臉恍然大悟的樣子。

「我忘了！厚！害我跑得那麼辛苦。」她嘛起嘴，見到我跟炎亭旋即綻開笑顏，「死小孩，還活著啊！」

『哼！妳都還沒死咧！』炎亭別過了頭，這兩個人相互慰問的方式永遠很怪。

Bob 被壓著坐定，他其實既恐懼又警戒的望著我們，口裡不停唸著主啊、上帝跟瑪利亞。

如果他知道自己是被派來送死的，不知道是否還會如此虔誠。

或許會，為了宗教而起的戰爭，每位戰士也都不遺餘力；耶路撒冷的戰事就犧牲了多少人，但是沒有人有怨言。

地下通道的路口開始冒出濃濃黑煙，火勢猛烈，說不定等會地道就會開始崩塌，而這間教堂也會跟著毀壞。

「現在呢？」彤大姐雙手扠腰，「我們是靈體的話，要怎麼回去身體？」

「我們還沒找到炎亭的屍骨……」米粒憂心的皺起眉，「下頭火勢這麼猛烈，怎麼拿得回來。」

『回來了回來了！』炎亭高高舉起手上的白色匕首，『我的骨頭，這是我的大腿骨。』

什麼東西？我飛快地搶下來看，那根雪白的匕首一體成型，被削尖過，外頭也被打磨光滑甚至上了漆，但——真的是骨頭。

所以炎亭剛剛才會對愛德華修士說：該還給我了吧！

他們用小夏的遺骨……來行刑？來處理祭品？

「哇！那就圓滿了啊！」彤大姐邊說，她的身體開始變淡，「咦？我怎麼有點暈……」

「彤大姐！」我想握住她的手，卻穿過了她的身體。

她漸而消散，直到完全不存在為止。

「她怎麼了？」米粒擰著眉，我知道他下面想問的是：醒了？還是死了？

可是他還在說話，身體也逐漸模糊，Bob 見狀立即躍起，想要推開米粒，卻穿過了他的身體，狼狽的撲倒在地。

『解放我們，安。』熟悉的聲音在教堂裡回響，這次不是傳進我的腦子，而是真的在這個空間出聲。『找到我！快點解放我！』

大火開始燒上教堂裡華麗的十字架與耶穌像，我四處尋找，聽著 Alicia 的低泣聲，我知道我能循著聲音與直覺找到她。

「炎亭，解放她，她的靈魂便會跟你合為一體嗎？」我凝重的問著，看著米粒消失在我面前。

炎亭點了點頭，指向我的正前方，『安，就是她。』

我站在聖母像前，這是神情有點哀淒的聖母像，我心裡即使存有一百個疑問，還是拿了易燃物，上前借火，再將火引上聖母瑪利亞的身子。

Bob 已經逃離，我無力阻止他。

火開始融化蠟，蠟珠從聖母瑪利亞的眼睛滴落，看起來很像是正在哀泣，而她的臉部全數融化時，我也瞧見了裡頭那乾癟的屍體。

小夏的轉世，慘死在地下通道裡的 Alicia，遺體並沒有得到妥善的掩埋，也沒有被教徒以火焚燒，她被藏在這裡，做成聖母瑪利亞的蠟像，徹底的封印她。

所以她不能現身幫助我們，但是她卻可以運用自己的力量，讓所有枉死的冤魂留下來，讓所有殘害她們的靈魂在死後也無從升天。

地板開始塌陷，我看著左邊的座椅砰的下沉，火舌竄了上來，身後傳來激烈的撞門聲，我才發現 Bob 竟然還沒逃出去。

緩緩的……我飄了起來，蠟像裡的屍體忽地跳開雙眼，裡頭是雙綠色的眼珠，眨呀眨的。

她從蠟像裡站了起來，恢復為那曾為少女的甜美樣貌，定定的凝視著我，雙手拉開裙襬，恭敬的欠了身。

她微笑著，彷彿幾世紀沒有如此燦爛的笑過，對著炎亭伸出了手，而它乾枯的小手也搭上她的。

我看見 Alicia 的魂魄進入炎亭的身體，而我則一陣頭暈目眩，再也無法緊抱住炎亭，只感覺自己越飄越高……越飄越高。

我看著炎亭從我手裡掉下去卻喊不出聲，我看見火舌以奇怪的路徑飛快的衝向Bob，像藤蔓般捲住他的雙腳，並且往回拖行。

他被拖到走道上，那裡的地板逐漸塌陷，火紅的光自裂縫吐出，他厲聲的喊著燙，然後更多的火藤纏繞他的身子，使勁的往地底拖行。

地板整塊掉落，Bob 連攀都攀不住邊緣，就直直被拖了下去，瞬間被大火吞噬。

我看見許多靈魂從我身上飛過，我不知道它們會去哪兒，但是我彷彿看見 Rose 對我微笑。

「哈囉？」

刺眼的燈光照射進我瞳孔，我顫了一下身子，頭痛欲裂！

圓形的小燈再照向我右眼，我難受的皺起眉，看著燈光終於消失，而站在我面前的是個穿著白袍的醫生。

他跟身邊的護士在說西班牙語，我看著雪白的天花板，鼻息間聞到的是醫院藥水味。

悠悠的轉向右邊，有個男人臉上貼著紗布，身上裹著繃帶，正一如往常般的凝視著我，深情款款。

「嗨。」米粒微笑，旋即因為疼痛皺眉。

「嗨。」

我笑了起來，我知道，事情結束了。

尾聲

旅館大火的起因為縱火，警方抓到兩名嫌犯，他們供稱因為該飯店已經被邪惡控制，所以必須放火淨化一切。那場大火奪走了十條人命，而我們屬於幸運的一份子，二十多人輕重傷，我們還算是輕傷。

大火時我們三個全都昏迷不醒，但是有人親眼瞧見有人打破落地窗，對下頭喊著有人要跳下去，接著我們被扔下玻璃屋頂，而消防隊員準確的接住了我們。

可是他們沒看到大喊的那個人跳下來。

我手部輕微灼傷，米粒左臉頰二度燒傷，頭髮也被燒短了些，肺部有明顯灼燒現象，因為他是最後一個被扔出去的；彤大姐因為是第一個被救出火場，除了那一頭大捲髮被火燒掉之外，其他只是一級燙傷。

把我們扔出去的，必然是被炎亭上身的Alicia，自火場之後，她就再也沒有機會醒來了。

教堂的大火比飯店大火更加引人注目，歷史悠久的教堂不但在清晨時全數燒燬，而且整棟坍塌，沿路許多地方都發生屋子傾斜或是部分塌陷的情況；所以滅火後救難人員發現教堂底下竟有地下通道，範圍之大，幾乎跟整座城市相當。

地下通道深達十公尺，距離地表較近的地方便發生下沉與塌陷，較深的地方影響不大，我記得有些地質為硬石，可能大火沒有造成裡頭的崩壞。

媒體爭相報導古蹟的大火，地下通道的由來，許多考古學家也紛紛抵達，而整個火災現場僅找到兩具焦屍，一具是Bob，一具則是六百年前的屍骨。

至於神父，目前處於失蹤狀況，雖然大家都不樂觀，但救難隊依然努力的尋找屍骨。

我們所有的行李跟證件均已燒燬，在馬拉加待了好一陣子，做筆錄以及等待補發護照，折騰了大半時間，讓炎亭等得心急如焚。

「你認識那個神父嗎？為什麼他會知道你前世在柏林？」

「那幾個英國學生是什麼來頭？為什麼會知道我們發生過的事呢？」彤大姐一頭俐落短髮，蹺著長腿，「我可沒跟別人說過喔。」

「我們被宗教團體監視、跟蹤，這些事你多久前就知道了？」

每個人都有問題，急急問著舔湯匙的炎亭，這些問題沒有答案，因為知道的人都死了。

而唯一知道的傢伙，卻完全不予回應。

「炎亭！」我不高興了，「不要逼我用玉米片威脅你！」

噔！它果然立刻不悅的抬頭瞪我，『不公平！我不說是為了大家好！知道這麼多對大家沒有好處！』

「我們現在有得到什麼福利嗎？」我指著一身紗布，真是夠了。

『很多事我也搞不清楚！我只是想找回小夏的骨頭而已，我怎麼知道有這麼多事！』炎亭急忙的解釋著，哼哼，玉米片果然非常有效，『我的靈魂原來早就被拆解，分成好幾個部分，剩下的我繼續轉世……其他的我都不知道！』

「是嗎？」米粒挑高了眉，「那神父說你該殺人是怎麼回事？你知道 Alicia 會為你而死嗎？」

炎亭忽然瞪圓雙眼，它蹙起眉心，拿著湯匙往額上敲呀敲的；開始一個人喃喃自語的在餐桌上踱來走去，好像為這件事也很費心神。

「算了啦，船到橋頭自然直！」彤大姐嘆了口氣，「死小孩不清楚的事問再多也沒用。」

「問題是對我們有用！幫他找屍體比幫安找情緒還可怕。」米粒直截了當的說，「被獵殺，被火焚，而且對方還早就知道我們會來！」

我倒抽一口氣，對啊！他們根本是在等我們，「那德國……」

「我不認為那四個英國人死了就什麼事都沒有了。」米粒鄭重的說出自己的看法，也是大家的看法。

我望向炎亭，它還在那兒徘徊。

「炎亭，你的上一世，真的是在德國嗎？」我突然好希望，它說不是。

炎亭停下腳步，很肯定的點著頭。

『我出生在德國的蒙夏，但是死在柏林！』炎亭又叫又跳的，『柏林，我們要去我死亡的地方。』

「喂……你那次是怎麼死的？」彤大姐深深覺得炎亭每一世都很精彩。

炎亭端起瓷盤，跳上椅背，跳到一旁的茶几，然後往廁所去，把盤子擱在洗手槽中，看樣子很像是在回想。

它出來後，撤掉圍兜兜，好整以暇的折著……這是最近的功課，圍兜兜不准再亂塞。

『九歲，我是被砍頭的。』炎亭語調輕鬆的說著，『理由是我禍國殃民。』

「禍國殃民？」米粒相當錯愕，「九歲的小孩要怎麼禍國殃民？」

『因為，我能預知未來。』它抬起頭，笑著對我們說。『我是希特勒的秘密軍師喔！』

六隻眼睛全都瞬間圓睜。

從女巫到法師，乃至於現在的乾嬰屍——小夏轉世之後，每一世都擁有跟一般人不同的力量。

我忽然領悟到這個道理，忽然想起小夏的一生，她是那麼的平凡，根本絲毫沒有任何一丁點特殊的力量。

但是她的靈魂有吧……就像彤大姐一樣，前世即使是神女，但這一世卻連個鬼影都瞧不見。

靈魂的本質不變，但每一世表現出來的情況不同……如果說，有人早就知道小夏的靈魂本質具有特別的力量呢？所以刻意對她的屍骨動了手腳。

讓她轉世之後，屢屢發展出驚人的異能，可是卻每每讓她因此慘遭殺害？

「我們還缺多少遺骨？」我喃喃問著，心裡有不好的預感。

「很多吧？這次也才找到一隻大腿骨。」彤大姐一副還想再去旅行的樣子。

『不，只剩一個了！我只需要代表性的遺骸！』炎亭正經八百的比了比自個兒的頭，『只要再找到我的頭骨，我就可以離開了！』

小夏的頭骨，九歲卻被砍頭的孩子——我的身子不禁開始微微顫抖。

門被叩了幾聲，米粒前去應門，台灣辦事處的人來訪，告訴我們一切手續都齊全了。我們即刻可以離開西班牙，回到台灣。

米粒帶著護照進來，炎亭早已躲進背包裡，辦事處人員親切的要幫我們訂機票，詢問屬意何時離開。

我覺得有太多的謎團尚待解決，我認為有什麼事情早在幾百年前就在進行，我甚至認為此去德國有更加可怕的事情在等待我們，可是……

「我們要去柏林。」我微笑著，對著米粒說。

我們三人相視而笑，是啊，我們要去柏林，為了尋找炎亭最後的頭骨。

※　※　※

從飛機窗往外望去，我們在雲端之上，陽光燦爛耀眼。

這是前往柏林特格爾機場的班機，我們身上雖然帶著傷，但還是希望速戰速決；因為有太多的阻礙在前方，讓我們覺得拖下去唯有夜長夢多。

炎亭在我頭頂上的行李袋裡睡著，它一路騙過了X光機，安穩的搭上飛機；馬拉加發生的事情不會對它造成任何影響，它只在乎骨頭。

我私下問了它，六百年前它的前世對村民下了什麼詛咒？為什麼愛德華修士說那是一場歐洲浩劫？

小子啡啡啡的笑著，一臉喜不自勝的告訴我：當初她死前刻意在石室裡放滿惡魔的符號與象徵，再殺死自己的小貓，緊接著又對趕來的村民們說貓是地獄的使者，然後用英文唸著最後的祈禱。

所以自此爾後，人們認定貓是女巫的代表象徵，極度不祥，開始撲殺；結果就是老鼠大量繁殖，鼠輩橫行，鼠疫遂起，人類撲殺了牠們的天敵，黑死病跟著蔓延。

這只是簡單的食物鏈不平衡而已。

我對此訝異不已，依照年代推算，的確是可怕的黑死病，我私心覺得，六百年前的 Alicia 也太聰明了吧？她只用一個簡單的動作，就完成女人被殘殺的反撲！

炎亭得意的笑著說，那可是它靈魂的一部分呢！當然聰明。

我很難不佩服，但是卻覺得殘忍，可是它是炎亭，我能說什麼？現在的我身體很疲累卻睡不著，因為我一直回想起枉死的少女 Alicia，還有她被刺穿胸膛的慘狀。

炎亭被拆解的遺骨，被分解的靈魂，跟蹤我們的宗教人士，對我的事跡如數家珍的陌生人，期望炎亭殺生的神父。

天主教的教義是不容許自殺的，但是那個神父選擇自殺，我認為他只是個披著天主教徒外衣的假貨；四個英國學生拿出的黑色十字架長短也有問題，或許根本是別的宗教。

有很多事情跟著我前世一起發生，我拚命的試圖想起前世的一切，希望自己可以想起過去的蛛絲馬跡，但是卻再也想不起來。

小夏或許真的很可惡，可是看著炎亭上兩世受到的待遇，我覺得已經夠了。

它在西班牙死亡後緊接著轉世到德國，Alicia 的靈魂卻還有一部分存在，這表示在這個過程中，Alicia 的靈魂又再被拆解過一次；如果柏林還存有那九歲男孩的靈魂——就表示降生到泰國的炎亭，只是三分之一的小夏靈魂而已。

靈魂可以被分解嗎？我想起哈利波特裡談論的分靈體，我知道那是小說，但是其中闡述的意義在於做了喪盡天良的事才會撕裂靈魂，靈魂本該保全，為什麼會被拆開？

而把小夏的靈魂撕開成三部分，又是為什麼？

我想起這件事就會很難過，在我身邊的乾嬰屍，原來只是個破碎的靈魂，或許因為這樣，它才會成為一具特別的乾嬰屍，無情且兇狠。

這一次，我覺得比當初前往樹海時更加讓我害怕，因為有未知的人在蠢蠢欲動，人比鬼可怕多了。

可是我答應過炎亭，無論如何，要讓它離開。

這是承諾，不是對一具乾嬰屍，而是對我親愛的家人。

The End

番外・誰女巫？你全家才女巫

侍女蒼白著一張臉，急匆匆的在長廊上疾走，終於來到了傳出嘻笑聲的大門前，她緊急煞住步伐，試圖讓自己鎮靜下來，但仍氣喘吁吁的走進少女們的下午茶會中。

「優娜。」女孩看見她笑了起來，「妳來吃吃看，這是瑪麗帶來的點心。」

瑪麗瞥了一眼，下人怎麼能跟她們平起平坐，但是她知道克莉絲汀從小跟優娜一起長大，與她情同姊妹，主僕分界沒這麼明顯，別人家的事她也就不多嘴了。

只見優娜喘著氣走來，難看的臉色無從遮掩。

「怎麼了嗎？」克莉絲汀看出了她的不安。

「小姐，您的堂哥，威爾勳爵指控您是魔女！」優娜緊張的低吼。

什麼！一桌子的貴族少女紛紛嚇得起身，臉色刷白。

唯有當事者的克莉絲汀因為震驚坐在位子上，半晌說不出話，腦袋一片空白；平時的好友連句話都沒說，逃命似的離開了。這不能怪她們，如果克莉絲汀被指為女巫，那麼平時與她交好的她們，就會被連帶指為女巫的同夥。

「為什麼……不可能！堂哥說我是女巫？」克莉絲汀終於無力的吐出這幾個字，「堂哥上個月才來看過我，還送我一條藍寶石項鍊……」

「小姐，當然是因為財產啊！您繼承了伍德家族的龐大遺產，多少人覬覦。」

優娜緊張的上前，「妳忘記查克白夫人了嗎？還有山達家的伊絲翠？她們的財產現在都落入教會手裡了啊。」

一時無法接受，芳齡十八的少女豆大淚珠落在香甜的紅茶裡，聽著優娜提起的名字；火刑那天她也在廣場上，聽著女人們淒厲的慘叫聲，空中傳來烤肉的味道，女巫都是活活被燒死的，因為那樣才能燒去她們的罪惡。

她去觀看處刑，是因為她討厭查克白夫人，她甚至認為她就是女巫，否則年過四十，為什麼還擁有那般迷人的美貌。

「我不是女巫啊！」克莉絲汀終於激動的站起，「他們不能這樣做！」

「沒有什麼不能的！現在多少人都被指為女巫，一旦您被定罪，伍德家的龐大家產就會落入教會手裡——」優娜上前搖著克莉絲汀，「但在此之前，威爾勳爵一定會要您不要讓教會得逞，叫您把財產轉給他！」

克莉絲汀搖著頭，驚恐的低吼，「不……不不不！我為什麼要把財產給指控我是魔女的人？但我不是啊，我根本不會巫術。」

「他們會說您是的！您不知道那些人手段，被指控的人誰活著出來了？」優娜謹慎的拉過了克莉絲汀，「小姐，現在已經不能猶豫了，威爾勳爵已經到教會去舉發您，沒多久他們就會過來逮捕您了！」

什麼？克莉絲汀雙腳一軟，又癱回位置上，再也控制不住的嚎啕大哭起來！

她打小生活富貴，天之驕女，出生伯爵之家，她並不想繼承這龐大的遺產，因為她從未希望自己的父母死於船難；但這是他們伍德家的財富，她再怎樣都不想拱手讓人！

堂哥就為了要她的……克莉絲汀顫抖的倒抽一口氣，淚眼汪汪的看向優娜。

「不會吧，那查克白夫人或是伊……她們都是……被設計的嗎？」她腦子裡浮現出無數個人名，「因為那些都是……擁有龐大財產的女人。」

優娜抿著唇，眼角含著淚點了點頭。

「所以根本沒有女巫這種東西，這都是教會的陰謀、男人的陰謀！」克莉絲汀揪著心口，「現在，他們要用這種方式來害我了！我……我不要我不要！」

「小姐，先跟我走，我們要先逃啊！」

「能逃到哪裡去？」克莉絲汀根本站不起身，雙手緊抓著優娜的手臂，「我不想被燒死啊！」

「所以要快點逃。」優娜使勁咬牙的拉起她，「一旦被抓進去，等著的只有無盡的刑求，最後被綁在柱子上燒死。」

「我不要——我不要！」克莉絲汀跑沒兩步就又跪了下來。

一屋子的侍女紛紛不解疑惑的上前，優娜卻朝她們下令，「去，把大門關上，從大門開始，到屋子裡的每一道門全關上！」

「什麼？」所有人都不解這個命令。

「照、照著她說的做！」克莉絲汀其實根本不知道優娜要幹嘛，但她就是信任她。

優娜拖著克莉絲汀往一樓走去，她跌跌撞撞的在樓梯上踉蹌，恐懼的她還得握著欄杆才得以行走，但優娜到了一樓並沒有停止，而是拽著往地下室去。

「要做什麼？」眼看著她們逼近倉庫，那是身為千金的克莉絲汀從未到過的地方。

這兒變得不再乾淨明亮，地下室裡只有油燈照明啊。

「別怕，小姐，我會幫您的。」優娜咬著牙堅定地往前，「當年是您救了我跟母親，要不是您，我們早就餓死了。」

那年冰封千里，她與母親餓到走不動後倒在路邊等著死亡降臨，是路過的克莉絲汀在馬車上看見她們，央求老伯爵帶她們母女回來；不僅提供衣食，還讓孤苦無依的她們在這裡住下，母親因為好手藝被夫人重用製作華美服飾，優娜則陪著小姐長大。

母親數年前因病去世，臨死前交代她必得知恩圖報，母親不說她也會做，因為她的命就是小姐給的。

「那邊沒有後門，我們要去哪裡？」克莉絲汀天真但不傻，「優娜！他們會搜查整個家的，我能躲到哪裡去？」

「只要一下子就好。」優娜回眸，雙眼熠熠有光，「我會保護您的，小姐。」

咦？克莉絲汀顫了一下身子。

她想起小時候與父親去打獵，曾在林子裡遇見了狼，那年她九歲，優娜八歲，身形比她小的優娜卻義無反顧的擋在她面前，對著狼群揮舞從地上撿起的樹枝。

那時小小的優娜也是用這樣的神情回過頭，告訴她：沒事的，小姐，我會保護您。

然後就朝狼群衝過去！

她傻在原地，來不及拉住優娜，看著她衝向狼群又揮又打，沒想到狼群還真被她打散，稍後父親趕到，救下了她們。

「不。」克莉絲汀戛然止步，抽回了被優娜握住的手，「我知道妳想做什麼！我不允許！」

優娜嚇了一跳，看著自己空空如也的手，驚愕回頭，「小姐？」

「妳是不是想代替我？不……不行！堂哥怎麼會認不出我。」克莉絲汀腦子動得飛快，「就算妳想自己去招認妳是女巫，也沒有用的。因為堂哥要的是我的錢。」

「小姐，我不是要……」

「快走啊。」她推開了優娜，「妳快點走，妳是我的近侍，他們一定也會傷害妳的，逼供、虐待、刑求……妳快點走！」

克莉絲汀趕忙把優娜朝走廊那頭推，她是逃不出去了，但至少優娜可以，畢竟她只是僕人。

「小姐！不——」優娜提裙回身，「我真的能保護您，請您相信我。」

「說什麼啊！那是教會啊！魔女是人民的恐懼，我們都知道……我完蛋了！」克莉絲汀哭喊出聲，「我不要被燒死……如果非死不可的話，我寧願自己先——」

「不行！」優娜緊緊握住她發抖的手，迫使克莉絲汀看向她，「小姐，您一直都這麼信任我，為什麼現在遲疑了？」

克莉絲汀搖著頭，發顫的唇欲言又止，卻不知道能說什麼，樓上突然傳來動靜，聽起來是教會的人到了。

獵殺女巫的行動開始了！

走，優娜拉起克莉絲汀，朝著倉庫裡走去，這是地下室，除了油燈照明外沒有任何光源，但這時優娜卻熄滅所有光源，只拿著一盞蠟燭進入了儲藏室。

關上大門，克莉絲汀聞到了許多食物的味道，穀物、起司……優娜將門關上後落鎖，接著把燭台塞給她。

「那鎖撐不了太久的……」克莉絲汀絕望的看著封閉的空間，「我們現在只是把自己關起來而已。」

優娜沒說話，她從懷中拿出小刀，走向了克莉絲汀。

克莉絲汀雖然害怕的流下眼淚，但她沒有喊出聲，而是悲傷的望著優娜，點了點頭。

「妳知道我很膽小的，我連自殺的勇氣都沒有……與其被燒死，我寧可被妳殺死。」說著，克莉絲汀昂起了首，甚至將頸項的蕾絲領口拉下去些，方便優娜割斷她的頸動脈。

優娜卻不在意的抓起她的手，直接在手肘上割了一刀。

「呀——」疼痛令克莉絲汀尖叫，她低首看著自己潔白的手，看著鮮血不停湧出，優娜伸手一抹，就蹲下身把血抹在地上。

「蹲下來，我要血！」優娜吼著，聲音近乎咆哮。

不知道為什麼，克莉絲汀乖巧蹲了下去，任優娜一遍一遍擠出她傷口的鮮血朝地上抹去，同時優娜也割破自己的掌心，將自己的血抹於地……優娜在作畫，在寫著她沒看過的符號，沒見過的……圖樣。

在某個瞬間，克莉絲汀突然覺得自己明白了什麼。

突然明白了那一年，為什麼狼群會被小小的女孩驅趕……牠們不是真的被驅散，而是……害怕？

優娜畫著圖，抬起頭，銳利的雙眼凝視著克莉絲汀。

「小姐，為了活下去，妳願意付出什麼代價？」

願意付出……所有啊！克莉絲汀緊閉起雙眼，所有啊！

砰！

外頭傳來了鼓躁聲與怒吼聲，克莉絲汀聽見熟悉的堂哥聲音，他正喊著要討伐女巫，還聽見一群人的衣袍在窄小走廊上摩擦的聲響，以及有人嫌惡這黑暗地下室的咒罵聲。

「妳躲不掉的，邪惡的女巫！居然幻化成我親愛的堂妹，出來接受神的制裁！」

「奉上帝之名，請您不要再做無謂的掙扎。」另一個，是查理神父的聲音，當地地位最崇高的神父。

隨從拎著油燈，試圖照明眼前的路。

「我不是女巫！」門的另一邊傳來了熟悉的聲音，威爾勳爵露出滿意的微笑。克莉絲汀果然沒有逃走，那傻丫頭，應該根本不知道發生了什麼事吧？

「是不是女巫，上帝會告訴我們。」教會的人說著，「只要妳能通過審判，就能證實妳不是女巫！」

「我不要……堂哥！為什麼你要這樣，你明知道我不是！」克莉絲汀的哭喊聲傳了出來，「我好怕啊！」

查理神父瞥了威爾勳爵一眼，他扯扯嘴角，「克莉絲汀，如果妳真的是我親愛的堂妹……就為我開門吧！妳的躲藏只是證實了妳的畏罪。」

喀，裡頭竟乾脆地傳來開鎖的聲音，昏暗的走廊上擠滿了一大票要獵捕女巫的人，但因為走廊窄小，一次也只能容得兩個大男人並肩。

「請……請不要嚇到小姐。」開門的優娜淚流滿面，對站在門口的查理神父與威爾勳爵說著，「請神父讓小姐告解一分鐘可以嗎？」

查理神父看著昏暗倉庫裡跪著的克莉絲汀，她已雙手十指交扣，可憐兮兮的看著他，那一臉受驚的神情多楚楚可憐。但這種表情他見多了，反正他看見的是背後的龐大財產，伍德家多富有啊，教會需要這筆錢，他……也需要這筆錢。

查理神父走了進去，威爾也跟著步入，優娜請求了保有隱私，所以不讓其他隨從進入，他們就待在門外等候；優娜將門半掩，威爾本來有點緊張，但說真的……兩個小丫頭能掀起什麼風浪？

門只是輕闔，沒有落鎖，整間倉庫裡只有一隻燭火搖曳。

門外眾人的說話聲在封閉的廊內成了一種嘈雜的窸窣聲，聽得人有點煩躁。

威爾勳爵還裝溫柔的來到克莉絲汀身邊，蹲下身看著全身都在發抖的女孩，溫聲安撫，「別怕，克莉絲汀，堂哥在這兒呢。」

「我不……我不是……」克莉絲汀慌亂的握緊了威爾的手，「是誰檢舉我的，是誰……」

堂哥閃爍著眼神，不敢直視她，「我也不知道……」

查理神父高傲的走來，站定到克莉絲汀面前。

「女巫！」他刻意放大音量，外頭的人們即刻噤聲，「說吧，妳要告解什麼？」

優娜一步上前，冷不防的站到了查理神父身後，驀地握住了他的手。

「誰女巫，你全家才女巫！」

什——

狂風驀地在密閉的房間裡捲起，像有什麼東西衝向門板似的，門竟砰的關上，讓門外偷聽的隨從們嚇得驚慌失措。

「神父！」他們緊張的拍著門，意圖推開，卻……推不開？

眾人面面相覷，糟了！

「她們真的是女巫！快撞門！把神父救出來！救神父！」

所有人擠成一團急著想上前撞門，但這裡實在太狹窄了，誰都擠不上前——唰的又一陣風，門陡然又開了。

隨從高舉著油燈，驚恐莫名的看著門邊的人影，是查理神父！

「神父，剛剛……」

「她們果然是女巫！」查理神父嚴肅的說著，「居然還想對我跟勳爵下咒語，幸好勳爵救了我！」

什麼？隨著神父回首，大家看向正站在原地，看著倒在地上的兩個女孩的威爾勳爵。

「威爾勳爵！」查理神父再喚一聲。

「啊……啊……」威爾勳爵帶著滿臉慌張的回首，看向神父時仍有一絲驚魂未定，「是、是啊……她們真的是女巫。」

「感謝勳爵的相助，及時打倒女巫，你真的是英雄！」神父表揚著，所有人驚嘆不已。

擊倒女巫的威爾勳爵啊！太厲害了吧！

「只是……舉手之勞。」威爾勳爵深吸了一口氣，「把她們抓起來。」

他禮貌的請神父先行，接著兩人朝外走去，腳步略急的似乎想離開這窒悶的地下室，呼吸地面的新鮮空氣。

終於走到了樓上，看見奴僕們的一臉惶恐，而且他們已全數被聚集起來，像犯人一樣被看押著。

神父瞄了一眼，下令先把這些奴僕帶走，因為他們可能是女巫的共犯，也可能只是被迫，這些人都需要再審問。

「不是……小姐怎麼可能會是女巫？」

「我們什麼都不知道啊！」僕從驚恐的在叫喊中被帶走，有不可思議的，有不願相信的，也有認定克莉絲汀不可能是女巫的忠心者。

最後，地下室終於拖上來兩名女巫。

「大家都看見黑魔法陣了，她們用血畫的，身上的傷口都是剛才割開的，她們絕對是女巫。」查理神父與其他神父低語著，有好幾個臉色鐵青，急忙的想往地下室去一探究竟。

數分鐘後他們臉色蒼白的走回，一眼驚恐的表示地下室的印記太清楚，那是貨真價實的魔法陣，他們已派人照抄畫下，那是最直接的罪證。

「根本連審訊都不必了，這太可怕了！我們第一次捉到使用黑魔法的魔女！」其他神父朝威爾行禮，「勳爵真是慧眼，您居然能辨認出那天真爛漫的克莉絲汀・伍德是女巫。」

威爾勳爵微微笑著，頰畔卻有止不住的冷汗。

「不必緊張，她的黑魔法沒有對我們造成傷害。」查理神父上前，高舉起威爾的手，「我們是被神眷顧的人，所以女巫傷害不了我們，威爾勳爵也才能擊敗女巫。」

「擊敗女巫！處決女巫！」

「燒死她們！」

圍觀的民眾高聲喊著，但有更多人還在震驚中，沒想到漂亮天真的克莉絲汀女爵，居然是魔女！

驚天動地的聲音終於喚醒了昏迷的克莉絲汀，她幽幽轉醒，惺忪看著眼前的一切，有幾分遲疑，再留意到倒在身邊也正在醒來的優娜，急著想起身——咦？她被綁住了？

「放開我！這是怎麼回事？」克莉絲汀大聲怒吼，陡然一怔，「我的聲音……」

「女巫！閉嘴！事到如今居然敢叫囂！」

「女……」克莉絲汀低頭瞧見曲著腳的自己，竟穿著一件裙子？「我……我是威爾！我是威爾勳爵啊！」

她慌亂張望，看見了查理神父，「查理神父，我是威爾！」

「事到如今，還想玩弄什麼把戲？」查理神父斥喝著，「那女奴也是女巫，把她們一起帶走！」

還沒反應過來的優娜立刻被拽起，她瞬間惶恐清醒，「做什麼！我是查理神父，你們在幹什麼！」

優娜高喊著，卻瞬間聽見自己女孩的聲音！

接著，她看見了「自己」。

查理神父嚴肅的站在原地，他身邊是尚未平復的威爾勳爵，看著克莉絲汀的方向。

「你是查理神父？」克莉絲汀望著一起被拖行著的優娜，「我是威爾啊！為什麼我站在那裡？為什麼我會變成這副模樣。」

天哪……「神父」狠狠倒抽一口氣──「女巫！他們才是女巫！」

「你們搞錯了，我是威爾勳爵，她是查理神父，那兩個是冒牌貨！」克莉絲汀使勁全身的氣力掙扎，卻依然被拖出了豪宅。

幾個神父趨前，嚴肅的與查理神父低語。

「這太可怕了，她們幾乎確定就是女巫了，不必再經過太多審問，只需要問出共犯是誰就好。」其他人緩緩的說著，「優娜只怕也是魔女，我們必須盡快處以火刑。」

身邊的威爾勳爵抽了氣，「火刑！」

查理神父略微瞥了他一眼，「自然，這種可怕的女巫只會造成人心惶惶，我們必須快點處刑，以免讓人們恐慌。」

「是，那伍德家……」神父們意有所指的瞄向這富麗堂皇的宅子。

查理神父再度看向了威爾，「這點我會跟威爾勳爵好好商量。」

威爾勳爵望著神父那雙熟悉的雙眼，彷彿聽見了無聲的「我會保護妳」的聲音。

他用力緊握著腰上的佩劍，她懂，她已經被保護了。

即便要用這個身體過一生，她也心甘情願，因為為了活下來，她願意付出所有的代價！

「我也要親自再跟親愛的克莉絲汀見一面，看看她是否要把伍德家的一切交給我……我當然會奉獻給上帝。」威爾勳爵朝查理神父微微一笑。

然後，所有神父們也都笑了起來，一切盡在不言中。

而外頭克莉絲汀的叫囂聲不止，不停地喊著她們一個是威爾勳爵，一個才是真正的查理神父，是被女巫設計交換了靈魂。

「太可怕了，說自己是威爾勳爵？」

「真是瘋了！居然還說查理神父才是女巫！」

坐在馬車裡的查理神父與對面的威爾勳爵互看一眼，兩人相視而笑。

誰女巫？你全家才女巫。

後記

寫這篇後記時，世界正處於嚴峻的時刻，武漢起疫的肺炎導致人心惶惶，大陸多個城市封城或軟封城，口罩大缺，截至現在我也只買到一次口罩，雖然實名制了，但要花兩個小時去排一個不一定買得到的口罩，這真的要很閒才做得到。

然後網路上隨便傳一個消息就輕易引起恐慌，從口罩之亂，接著再到衛生紙之亂，能搶的都搶，有時都會有置身在末日的錯覺。

恐懼，真的是人類極大弱點，輕易能被煽動。

獵殺女巫的時代除了謀奪財產外，有更多的民眾參與其中，就是被恐懼支配，人云亦云，不好好思考就會被牽著走；但更可怕的是，如果有百分之九十的人腦子不清楚，剩下那百分之十也是無能為力，畢竟寡不敵眾，最後只能走向同流合汙。

簡單的拿這幾天搶衛生紙來舉例，明知是假，但如果九成的人口都相信並瘋搶，剩下那一成的人不搶，以後就沒紙可用，那怎麼辦？因此也只能搶，為的是自己的用度。

緊繃與混亂的氛圍，一片混沌，真心希望一切都盡速往好的方向走。

《異遊鬼簿》第一部的重新出版進入倒數，這時就會覺得時間很快，從《小美》系列的第一本再次出版開始，一共二十九本的重新出版，一轉眼只剩下十二本了！《禁忌錄》系列也可望在二〇二〇年結束，以後若有其他角色的故事想多說些，我想或許就是以單本的形式了吧！

祝願大家平安。

最後，萬分感謝購買這本書的您，購書才是對作者最直接的支持，書本有銷售量，出版社得以生存，作者也才能有飯吃，因此能繼續寫下去，所以謝謝您讓我能繼續書寫天馬行空的故事。

笭菁

異遊鬼簿

魔女

等菁 作品 39

國家圖書館出版品預行編目資料

異遊鬼簿：魔女 / 等菁作． --初版． --臺北市：
春天出版國際, 2020.05
面； 公分
ISBN 978-957-741-268-3 (平裝)

863.57　　109005295

ISBN 978-957-741-268-3
Printed in Taiwan

作者	等菁
封面繪圖	Cash
美術設計	三石設計
總編輯	莊宜勳
主編	鍾靈
編輯	黃郁潔
出版者	春天出版國際文化有限公司
地址	台北市信義區信義路四段458號3樓
電話	02-7718-0898
傳真	02-7718-2388
E-mail	frank.spring@msa.hinet.net
網址	http://www.bookspring.com.tw
部落格	http://blog.pixnet.net/bookspring
郵政帳號	19705538
戶名	春天出版國際文化有限公司
法律顧問	蕭顯忠律師事務所
出版日期	二〇二〇年 五月初版
定價	190元
總經銷	楨德圖書事業有限公司
地址	新北市新店區寶興路45巷6弄6號5樓
電話	02-8919-3186
傳真	02-8914-5524